La increíble historia de...

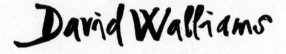

La increíble historia de...

EL NIÑO
BILLONARIO

Ilustraciones de
Tony Ross

Traducción de
Rita da Costa

montena

La increíble historia del niño billonario
Título original: *Billionaire Boy*
Publicado originalmente en el Reino Unido por HarperCollins Children's Books,
una división de HarperCollins Publishers, Ltd.

Primera edición en España: octubre de 2013
Primera edición en México: marzo de 2014

© 2010, David Walliams, por el texto
© 2012, Tony Ross, por las ilustraciones
© 2013, Rita da Costa García, por la traducción

© 2013, de la presente edición en castellano para todo el mundo:
Random House Mondadori, S. A.
Travessera de Gràcia, 47-49. 08021 Barcelona

D.R. © 2014, Penguin Random House Grupo Editorial, S.A. de C.V.
Av. Homero núm. 544, col. Chapultepec Morales,
Del. Miguel Hidalgo, C.P. 11570, México, D.F.

www.megustaleer.com.mx

Comentarios sobre la edición y contenido de este libro a:
megustaleer@rhmx.com.mx

ISBN: 978-607-31-2205-4

Impreso en México / *Printed in México*

Voor Lara,

Ik hou meer van je,

dan ik met woorden kan zeggen

1

Les presento a Joe Spud

¿Alguna vez se han preguntado cómo sería tener un millón?

¿O mil millones?

¿O un millón de millones?

¿O tantos mi-
llones que no pu-
dieran ni con-
tarlos?

Les presen-
to a Joe Spud.

A Joe no le hacía falta imaginar cómo sería tener montones y montones de dinero. Con sólo doce años, era inmensamente rico. Lo que se dice un ricachón. Estaba podrido de dinero.

Joe tenía todo lo que podía desear.

- Televisores de alta definición con pantalla de plasma de cien pulgadas en todas las habitaciones de la casa ✓
- Quinientos pares de tenis Nike ✓
- Un circuito de Fórmula Uno en el jardín ✓
- Un ciberperro japonés ✓
- Un carrito de golf con la matrícula «SPUD 2» para moverse por su propiedad ✓
- Un tobogán acuático que iba desde su habitación hasta una piscina olímpica techada ✓

- Todos los videojuegos del mundo ✔
- Tres salas de cine Imax 3-D en el sótano ✔
- Un cocodrilo ✔
- Una masajista personal disponible las veinticuatro horas del día ✔
- Un boliche subterráneo con diez pistas ✔
- Una mesa de billar ✔
- Una máquina expendedora de palomitas ✔
- Una pista de monopatín ✔
- Otro cocodrilo ✔
- Cien mil libras de mesada ✔
- Una montaña rusa en el jardín ✔
- Un estudio de grabación profesional en el ático ✔
- Clases de futbol con la selección inglesa ✔
- Un tiburón de verdad en una pecera ✔

Resumiendo, Joe era un chico terriblemente mimado. Iba a un colegio de lo más fresa. En vacaciones, viajaba en aviones privados. Una vez, hasta había hecho que cerraran Disneylandia por un día, sólo para no tener que hacer fila en los juegos.

Aquí tienen a Joe, pisando el acelerador en su circuito privado de Fórmula Uno, al volante de su propio coche de carreras.

Algunos niños muy ricos tienen versiones en miniatura de coches fabricadas especialmente para ellos, pero no era el caso de Joe. De hecho, habían tenido que fabricarle un coche de carreras un poco más ancho de lo habitual. Verán, Joe estaba bastante gordo. ¿Y quién no lo estaría, pudiendo comprar todos los chocolates del mundo?

Habrán notado que Joe sale solo en la foto. En realidad, dar vueltas a toda velocidad en un circuito

de carreras no es nada del otro mundo si estás más solo que un perro, aunque seas inmensamente rico. En las carreras hace falta alguien con quien competir. El problema es que Joe no tenía amigos. Ni uno.

● Amigos

Verán, conducir un coche de carreras y quitarle la envoltura a un chocolate Mars extragrande son dos cosas que nadie debería intentar hacer a la vez. Pero pasaron unos pocos minutos desde que Joe había comido algo y tenía hambre. Justo cuando entraba en ese tramo de los circuitos que hace zigzag, rasgó la envoltura con los dientes y le dio un bocado a la deliciosa barrita de caramelo y turrón recubierta de chocolate. Por desgracia, sólo tenía una mano en el volante y, cuando las ruedas del coche chocaron con el borde de la pista, perdió el control del vehículo.

El coche de carreras que había costado una millonada se salió de la pista a toda velocidad, giró dando vueltas sobre sí mismo y fue a incrustarse contra un árbol.

¡¡¡¡¡¡¡¡¡¡¡¡¡¡¡¡¡¡¡¡¡¡¡¡¡¡¡¡¡¡¡¡¡¡¡¡¡¡

PAAAAAAAAAA
AATAAAPLUUUUUUU
UUUUUUUUUUUUUUUUUU
MMMMMMMMMMM
MMMMMMMMM
!!!

El árbol resultó ileso, pero el coche acabó convertido en chatarra. Joe salió como pudo de la cabina. Por suerte, no se había hecho daño, pero sí estaba un poquito mareado, y volvió a casa haciendo eses.

—Papá, estrellé el coche —anunció Joe al entrar en la inmensa sala.

El señor Spud era bajito y gordo, tal como su hijo. Tenía bastante más pelo que éste en montones de sitios, excepto en la cabeza, que era brillante y calva. El padre de Joe estaba sentado en un sofá de cien plazas de piel de cocodrilo y ni siquiera apartó la vista del diario.

—No te preocupes —dijo—. Te compraré otro.

Joe se desplomó en el sofá, junto a su padre.

—Ah, por cierto, feliz cumpleaños, Joe —el señor Spud le entregó un sobre sin despegar los ojos de la chica de la página tres.

Joe abrió el sobre a toda prisa. ¿Cuánto dinero le habría tocado esta vez? Apartó la tarjeta, en la que decía «Felicidades en tu 12º cumpleaños, hijo», casi sin mirarla y tomó el cheque que había en su interior.

Apenas logró disimular su decepción.

—¿Un millón de libras? —dijo, como si no lo acabara de creer—. ¿Sólo eso?

—¿Qué ocurre, hijo?

El señor Spud apartó el diario un momento.

—El año pasado me diste un millón de libras —gimoteó Joe—. Cuando cumplí once años. Ahora que he cumplido doce, deberías darme más, ¿no crees?

El señor Spud metió la mano en el bolsillo de su nuevo traje gris de marca y sacó la chequera. El traje no sólo era horrible, sino también horriblemente caro.

—Lo siento, hijo —dijo entonces—. Que sean dos millones.

Llegados a este punto, no está de más señalar que el señor Spud no siempre había sido tan rico.

Hasta no hacía mucho tiempo, la familia Spud había llevado una vida muy humilde. Desde que tenía dieciséis años, el señor Spud había trabajado en una inmensa fábrica de papel higiénico en las afueras de la ciudad. Su trabajo en la fábrica era lo

que se dice un rollo: se dedicaba a enrollar el papel
higiénico alrededor de los tubos de cartón.

Rollo tras rollo.

Día tras día.

Año tras año.

Década tras década.

Hacía lo mismo una

y otra vez, hasta que apenas le quedaba ni pizca de
esperanza de llegar a hacer otra cosa. Se pasaba
todo el día plantado delante de la cinta trans-
portadora, junto a cientos de operarios tan aburri-
dos como él, repitiendo la misma tarea, como un
autómata.

Cada vez que acababa de enrollar el papel alrededor de un tubo de cartón, empezaba otra vez de
cero. Y cada rollo de papel higiénico era idéntico
al anterior. Como la familia era tan pobre, el señor
Spud solía hacer regalos de cumpleaños y de Navidad para su hijo con los tubos de cartón de los

rollos de papel higiénico. Nunca tenía dinero suficiente para comprarle a Joe lo último en juguetes, pero le fabricaba algo así como un bólido de tubos de cartón, o un castillo de tubos de cartón, con docenas de soldaditos de tubos de cartón. La mayoría de aquellos juguetes acababa rompiéndose y yendo a parar al bote de basura. Joe se las había ingeniado para salvar un pequeño cohete espacial hecho con rollos de cartón, aunque no sabía muy bien por qué.

Lo único bueno de trabajar en una fábrica era que el señor Spud tenía mucho tiempo para soñar despierto. Un día tuvo un sueño que habría de cambiar para siempre la ingrata tarea de limpiarse el trasero.

«¿Por qué no inventar un rollo de papel higiénico que sea húmedo por una cara y seco por la otra?», se preguntó mientras enrollaba una larga tira de papel alrededor del milésimo rollo de la jor-

nada. El señor Spud guardaba su idea en secreto y se pasaba horas encerrado en el baño de su pequeño departamento de interés social, trabajando sin descanso hasta que su nuevo rollo de papel higiénico de dos caras le salió que ni mandado a hacer.

Cuando por fin lanzó Pompisfresh al mercado, se convirtió en un fenómeno al instante. El señor Spud vendía mil millones de rollos al día en todo el mundo. Y cada vez que se vendía un rollo, ganaba diez peniques, lo que significa que al cabo de un año había acumulado un montón de dinero, como demuestra esta sencilla ecuación matemática:

10 peniques x 1.000.000.000 de rollos x 365 días al año = mucho dinero.

Joe Spud sólo tenía ocho años cuando Pompisfresh salió al mercado y, en un abrir y cerrar de ojos, su vida dio un vuelco de ciento ochenta grados. Para empezar, los padres de Joe se separaron. Resulta que su madre, Carol, vivía desde hacía muchos años una tórrida aventura con Alan, el líder del grupo de *scouts* de Joe, y aceptó divorciarse de su padre a cambio de diez mil millones de libras. Alan había cambiado su canoa por un inmenso yate. Lo último que se sabía de ambos es que navegaban frente a la costa de Dubai y desayunaban Cornflakes aderezados con champán del bueno. El padre de Joe pareció recuperarse bastante deprisa de la separación y empezó a concertar citas con todas las chicas de la página tres, una tras otra.

Al poco tiempo, padre e hijo se mudaron del cuchitril de interés social en el que vivían a una inmensa y majestuosa casa que el señor Spud bautizó como Mansión Pompisfresh.

La casa era tan grande que se veía desde el espacio exterior. Se tardaba cinco minutos sólo en recorrer el camino de entrada, ¡y eso yendo en coche! Cientos de arbolitos recién plantados flanqueaban el sendero de grava a lo largo de un kilómetro y medio. La casa tenía siete cocinas, doce salas, cuarenta y siete habitaciones y ochenta y nueve baños.

Hasta los baños tenían regadera incorporada. Y algunas de esas regaderas incorporadas tenían su propio tocador incorporado.

Pese a llevar unos cuantos años viviendo allí, Joe seguramente no había explorado ni una cuarta parte de la casa. En la inmensa propiedad había varias canchas de tenis, un lago con barcas, una pista de aterrizaje para helicópteros e incluso una pista de esquí de cien metros de longitud cubierta de nieve artificial. Todos los grifos, los pomos de las puertas e incluso los asientos de los escusados eran de oro macizo. Las alfombras estaban hechas de piel de visón, Joe y su padre bebían naranjada en antiguos cálices medievales de valor incalculable, y durante una temporada habían tenido un mayordomo llamado Otis que era también un orangután. Pero no les había quedado más remedio que ponerlo de patitas en la calle.

—¿Y no podrías darme también un regalo de verdad, papá? —preguntó Joe mientras se metía el cheque en el bolsillo del pantalón—. Es que, la verdad, ya tengo montones de dinero.

—Dime qué quieres, hijo, y enviaré a uno de mis ayudantes a comprarlo ahora mismo —contestó el señor Spud—. ¿Unos lentes de sol de oro macizo? Yo tengo un par. No se ve nada, pero son carísimos.

Joe bostezó.

—¿Tu propia lancha motora? —aventuró el señor Spud.

Joe puso los ojos en blanco.

—Ya tengo dos, ¿recuerdas?

—Lo siento, hijo. ¿Y qué tal doscientas cincuenta mil libras en vales para comprar libros y discos?

—¡Me aburro sólo de pensarlo! —estalló Joe, pateando el suelo de pura frustración. ¿Quién dijo que los chicos ricos no tienen problemas?

El señor Spud parecía abatido. No estaba seguro de que quedara nada en el mundo que no le hubiera comprado a su único hijo.

—¿Qué te puedo dar, hijo mío?

De pronto, Joe tuvo una idea. Se vio a sí mismo dando vueltas en el circuito de carreras, más solo que un perro, compitiendo consigo mismo.

—Bueno, hay algo que deseo más que nada en el mundo… —empezó, tímidamente.

—Lo que sea, hijo —dijo el señor Spud.

—Un amigo.

2

Joe Limpiaculos

—*Joe Limpiaculos* —dijo Joe.

—¿*Joe Limpiaculos*? —farfulló el señor Spud—. ¿De qué otra manera te llaman en clase, hijo?

—*El Rey del Retrete.*

El señor Spud meneaba la cabeza de pura incredulidad. Había inscrito a su hijo en el colegio más caro de Inglaterra, la escuela St. Cuthbert. Le costaba doscientas mil libras al trimestre y todos los alumnos tenían que llevar gorgueras y mallas de estilo isabelino. Aquí tienen una foto de Joe con su uniforme escolar. Se ve un poco ridículo, ¿no creen?

Así que lo último que esperaba el señor Spud era que se burlaran de su hijo. El acoso escolar era algo que sólo le pasaba a los pobres. Pero lo cierto es que la habían tomado con Joe desde que había empezado a ir a clase. Los chicos de buena familia no lo tragaban porque su padre se había enriquecido gracias al papel higiénico. Decían que era «de lo más vulgar».

—*El Príncipe Marrón, Su Excelencia el Excremento, Señorito Culiflor* —continuó Joe—. Y eso contando sólo a los profesores.

La mayor parte de los alumnos de la escuela de Joe pertenecían a la realeza o estaban emparentados con ella. Sus familias eran ricas porque poseían muchas tierras, lo que los convertía en «ricachones de toda la vida». Joe no había tardado en darse cuenta de que ser rico no valía la pena a menos que tus tatarabuelos ya lo fueran. Los nuevos ricos que habían ganado su fortuna vendiendo rollos de papel higiénico no contaban para nada.

Los alumnos fresas de St. Cuthbert tenían nombres como Nathaniel Septimus Ernest Lysander Tybalt Zacharias Edmund Alexander Humphrey Percy Quentin Tristan Augustus Bartholomew Tarquin Imogen Sebastian Theodore Clarence Smythe.

Todo eso era el nombre de un solo chico.

Las materias eran igual de fresas. Fíjense en el horario escolar de Joe:

Lunes

Latín

Cómo ponerse el sombrero de paja

Historia de la monarquía

Clase práctica de etiqueta

Salto a caballo

Bailes de salón

Debate (tema sugerido: «¿Es una vulgaridad abrocharse el último botón del chaleco?»)

Modales en la mesa

Cómo anudarse la pajarita

Clase de batea (las bateas son algo así como las góndolas inglesas)

Polo (el deporte que se juega montado a caballo, no la playera)

Martes

Griego antiguo

Cróquet (no, no es croqueta en inglés, sino una
especie de petanca)

Caza del faisán

Cómo reprender a la servidumbre

Mandolina, nivel 3

Historia del *tweed* (sí, esa tela que pica mucho)

Hora de la nariz respingada

Cómo pasar por encima de un vagabundo dormido al salir de la ópera

Cómo encontrar la salida en un laberinto de boj

Miércoles

Caza del zorro

Arreglos florales

Cómo conversar acerca del tiempo

Historia del críquet

Historia del zapato inglés

Intercambiar estampas de la colección *Grandes mansiones*

Leer la revista *Harper's Bazaar*

Introducción al ballet clásico

Cuidado de la chistera (no, no es una caja donde guardas tus mejores chistes, sino un sombrero de copa)

Esgrima

Jueves

Introducción al mobiliario de época: la silla Luis XV

Cómo cambiar el neumático de un todoterreno

Debate sobre quién tiene el papá más rico

Competición para averiguar quién es más amigo del príncipe Harry

Clase de pronunciación fresa

Club de remo

Debate (tema sugerido: «¿Cómo están más buenas las magdalenas, blanditas o tostadas?»)

Ajedrez

Estudio del escudo de armas

Conferencia: «Cómo no pasar inadvertido en
un restaurante»

Viernes

Lectura de poesía (in-
glés medieval)

101 maneras de

llevar el súeter

por encima de

los hombros

Clase de poda artística: setos con forma de
  animales
Introducción a la escultura clásica
Cómo buscarse entre las páginas de sociedad de
  las revistas del corazón
Caza del pato
Billar
Introducción a la música clásica
De qué hablar en una fiesta (por ejemplo: lo
  mal que huele la clase trabajadora)

Sin embargo, las materias absurdas no eran la
principal razón por la que Joe detestaba ir a St.
Cuthbert, sino que todo el mundo lo mirara por
encima del hombro. Para sus compañeros, alguien
cuyo padre había amasado una fortuna gracias a
los rollos de papel higiénico era sencillamente demasiado vulgar para codearse con ellos.

—Quiero ir a otro colegio, papá —dijo Joe.

—No hay problema. Puedo permitirme el lujo de enviarte a las escuelas más caras del mundo. He oído hablar de un internado en Suiza en el que te dan clases de esquí por la mañana, y por la tarde...

—No —atajó Joe—. ¿Por qué no me mandas a la escuela pública más cercana?

—¿Qué? —preguntó el señor Spud.

—Quizás allí haga algún amigo —dijo Joe.

Había visto a los chicos esperando ante la verja de la escuela secundaria mientras él iba en coche a St. Cuthbert. Parecían pasársela en grande charlando, jugando, intercambiando estampas... A Joe todo aquello le parecía maravillosamente... normal.

—Sí, pero la escuela pública más cercana... —empezó el señor Spud, como si no acabara de creerlo—. ¿Estás seguro?

—Sí —contestó Joe con tono desafiante.

—Podría mandar construir una escuela en el jardín, si quieres... —sugirió el señor Spud.

—No. Quiero ir a una escuela normal. Con chicos normales. Quiero tener un amigo, papá. En St. Cuthbert no he podido hacer ni uno.

—Pero no puedes ir a una escuela normal. Eres multimillonario, hijo mío. Todos los demás chicos se meterán contigo o querrán ser amigos tuyos sólo porque eres rico. La pasarás fatal.

—Pues entonces no le diré a nadie que soy rico. Seré sencillamente Joe. Y quizá, sólo quizá, consiga hacer un amigo, o incluso dos…

El señor Spud reflexionó unos instantes y finalmente dio su brazo a torcer.

—Si eso es lo que realmente quieres, Joe, de acuerdo, podrás ir a una escuela normal.

Joe estaba tan emocionado que salticuló* por el sofá para acercarse a su padre y darle un abrazo.

---

* Salticular [intr.]: desplazarse sentado, dando saltitos e impulsándose con las nalgas. Práctica muy facilitada por el sobrepeso.

—Vas a arrugarme el traje, muchacho —protestó el señor Spud.

—Perdona, papá —dijo Joe, salticulando un poco hacia el otro lado—. Ejem… —carraspeó— te quiero, papá.

—Lo mismo digo, hijo, lo mismo digo —contestó el señor Spud, levantándose—. Bueno, que te la pases bien en tu cumpleaños, amigo.

—¿No vamos a hacer algo juntos esta noche? —preguntó Joe, intentando ocultar su decepción. Cuando era más pequeño, su padre siempre lo llevaba a la hamburguesería del barrio en su cumpleaños. No les alcanzaba para comprar una hamburguesa, por lo que sólo pedían papas fritas y se las comían con unos sándwiches de jamón dulce y pepinillos que el señor Spud llevaba escondidos bajo el sombrero.

—No puedo, hijo, lo siento. Esta noche he quedado de ver a una chica despampanante —dijo el señor Spud señalando la página tres del diario.

Joe miró la foto de la mujer en cuestión. Parecía que se le hubiera caído toda la ropa de golpe. Llevaba el pelo teñido de rubio platino, y la cara tan maquillada que resultaba difícil decir si era guapa o no. El pie de foto decía: «Sapphire, 19 años, natural de Bradford. Adora ir de compras, destesta pensar».

—¿No crees que Sapphire es un poquito joven para ti, papá? —preguntó Joe.

—Sólo nos separan veintisiete años —replicó el señor Spud al instante.

Joe no parecía muy convencido.

—Bien, ¿y adónde vas a llevarla?

—A una discoteca.

—¿Una discoteca? —preguntó Joe, sin salir de su asombro.

—Sí —contestó el señor Spud, muy ofendido—. No pensarás que soy demasiado viejo para ir a una discoteca, ¿verdad?

Mientras hablaba, abrió una caja, sacó lo que parecía un hámster aplastado de un golpe y se lo puso sobre la cabeza.

—¿Qué demonios es eso, papá?

—No sé de qué me hablas —replicó el señor Spud haciéndose el loco, y se ajustó el artilugio aquel para que le cubriera toda la calva.

—Eso que llevas en la cabeza.

—Aaah, esto. ¡Es un peluquín, muchacho! Sólo me han costado diez de los grandes cada uno. He comprado uno rubio, uno castaño, uno pelirrojo y uno afro, para ocasiones especiales. Al ponérmelo me quito veinte años de encima, ¿no te parece?

A Joe no le gustaba mentir. El peluquín no sólo no le quitaba años a su padre, sino que daba la impresión de llevar un roedor muerto en la cabeza. De modo que Joe se inclinó por un «hum» lo más neutro posible.

—Bueno, que te diviertas —añadió Joe, tomando el control remoto. Estaba claro que volvería a pasar la noche sin más compañía que la pantalla de cien pulgadas.

—Queda algo de caviar en la nevera para que cenes, hijo —dijo el señor Spud mientras se dirigía a la puerta.

—¿Qué es el caviar?

—Huevas de pescado, hijo.

—Puaj…

A Joe ni siquiera le gustaban los huevos de gallina, así que las huevas de pescado le parecían la cosa más repugnante del mundo.

—Bien, he puesto un poco en mi pan tostado para desayunar. Está asqueroso pero es carísimo, así que deberíamos empezar a comerlo.

—¿No podemos comer salchichas con puré de papa, o pescado con papas fritas, o pastel de carne, o algo así, papá?

—Hummm… Solía encantarme el pastel de carne…

Se le hizo agua la boca, como si recordara el sabor.

—¿Y bien…?

El señor Spud meneó la cabeza con fuerza. Empezaba a perder la paciencia.

—¡No, no y no! ¡Ahora somos ricos, hijo mío! Tenemos que comer todas esas cosas finas que comen los ricos de verdad. ¡Hasta luego!

La puerta se cerró de golpe a su espalda y poco después Joe oyó el rugido ensordecedor del Lamborghini verde de su padre, que arrancó a toda velocidad y se perdió en la noche.

Se sentía decepcionado por volver a estar solo, pero aun así no pudo evitar sonreír a medias mientras encendía la tele. Iba a ir a una escuela normal y volvería a ser un chico normal. Y quizá, sólo quizá, conseguiría hacer algún amigo.

La gran pregunta era hasta cuándo lograría mantener en secreto el hecho de que era rico.

3

Dos pesos pesados

Finalmente llegó el gran día. Joe se quitó el reloj con diamantes y guardó su pluma de oro en el cajón. Miró la mochila negra de diseño, hecha con piel de serpiente, que su padre le había comprado para ir a la nueva escuela y volvió a dejarla en el armario. Hasta la bolsa en la que venía la mochila era demasiado fresa, pero en la cocina encontró una vieja bolsa de plástico en cuyo interior metió los libros. Estaba decidido a no llamar la atención.

Desde el asiento trasero de su Rolls Royce, Joe había pasado muchas veces por enfrente de la escuela secundaria pública de camino a St. Cuthbert, y había visto a los alumnos saliendo de clase: una avalancha de mochilas zarandeadas, palabrotas y gomina. Ese día iba a cruzar por primera vez aquellas puertas. Pero no quería llegar en Rolls Royce; los demás chicos no habrían tenido que esforzarse demasiado para adivinar que era rico. Ordenó al chofer que lo dejara en una parada de autobús cercana. Habían pasado unos cuantos años desde la última vez que Joe había viajado en transporte público, y casi temblaba de emoción mientras esperaba en la parada.

—¡No querrás que te cambie eso! —protestó el conductor del autobús.

Joe no había caído en la cuenta de que difícilmente le aceptarían un billete de cincuenta para pagar las dos libras que costaba el viaje, por lo que tuvo que bajarse del autobús. Con un suspiro de resignación, empezó a recorrer a pie los tres kilómetros que lo separaban del colegio. A cada paso que daba, sus blandos muslos se frotaban entre sí.

Finalmente, Joe llegó a la verja de la escuela. Por unos instantes se quedó allí merodeando sin atreverse a entrar. Llevaba tanto tiempo viviendo a cuerpo de rey que se preguntaba cómo demonios iba a encajar entre aquellos chicos. Inspiró hondo y cruzó el patio de recreo con aire decidido.

Cuando empezaron a pasar lista, sólo había otro chico sentado solo. Joe lo observó. Era gordo, igual que él, y tenía una buena mata de pelo rizado. Cuando vio que Joe lo miraba, sonrió. Y cuando acabaron de pasar lista, se le acercó.

—Me llamo Bob —se presentó el chico gordo.

—Hola, Bob —contestó Joe. Acababa de sonar el timbre y se fueron juntos por el pasillo, bamboleándose como dos tentetiesos, para asistir a la primera clase del día—. Me llamo Joe —añadió. Se le hacía raro estar en una escuela en la que nadie sabía quién era. Allí no era *Joe Limpiaculos*, ni el *Príncipe Marrón*, ni *el Rey del Retrete*.

—Me alegro mucho de tenerte aquí, Joe. En mi clase, quiero decir.

—¿Por qué lo dices? —preguntó Joe, loco de emoción. ¡No podía creer que ya hubiera hecho un amigo!

—Porque ahora ya no soy el chico más gordo de la escuela —contestó Bob en un susurro, como si expusiera un hecho objetivo y comprobado.

Joe frunció el ceño, pero luego estudió a Bob por unos instantes. Llegó a la conclusión de que los dos estaban más o menos igual de gordos.

—A ver, ¿tú cuánto pesas? —preguntó, algo mosqueado.

—¿Y tú? —replicó Bob.

—Yo pregunté primero.

Bob pensó unos segundos.

—Unos cincuenta kilos.

—Yo peso cuarenta y cinco —mintió Joe.

—¡Ni en sueños pesas tú cuarenta y cinco! —replicó Bob, enfadado—. ¡Yo peso setenta kilos y tú estás mucho más gordo que yo!

—¡Acabas de decir que pesas cincuenta kilos! —dijo Joe con tono acusador.

—Pesaba cincuenta kilos... —replicó Bob—, cuando era un bebé.

Aquella tarde había una carrera a campo traviesa, un verdadero suplicio en cualquier momento del curso, pero más aún en tu primer día de clase. Era una tortura anual que parecía concebida con el único fin de humillar a los chicos poco deportistas, categoría en la que Bob y Joe encajaban a la perfección.

—¿Dónde está tu pants, Bob? —preguntó a gritos el señor Bruise, el sádico profesor de educa-

ción física, cuando Bob llegó al campo de juego.
Iba en calzoncillos y camiseta. Los demás chicos
lo recibieron con una sonora carcajada.

—A-a-alguien lo habrá es-es-condido, señor
—contestó Bob, temblando de la cabeza a los pies.

—¿Y esperas que lo crea? —se burló el señor
Bruise. Como solía ocurrir con todos los profesores de educación física, resultaba difícil imaginarlo
con algo que no fuera un pants.

—¿Te-te-tengo que co-co-correr de todos mo-modos, señor? —preguntó Bob, esperanzado.

—¡Ya lo creo, muchacho! No te vas a librar tan fácilmente. Muy bien, chicos: preparados, listos… Esperen la señal… ¡YA!

Al principio, Joe y Bob echaron a correr como el que más, pero al cabo de unos tres segundos se quedaron sin aliento y tuvieron que seguir caminando. Pronto habían perdido de vista a todos los demás y se habían quedado solos.

—Yo llego al último todos los años —confesó Bob, quitando el envoltorio a un chocolate Snickers al que dio un gran bocado—. Los demás siempre se ríen de mí. Se bañan, se cambian y me esperan en la línea de meta. Podrían irse todos a sus casas, pero se quedan ahí esperando para poder meterse conmigo.

Joe frunció el ceño. Aquello sonaba a todo menos divertido. Decidió que no quería ser el último y apretó un poco el paso, asegurándose de ir al menos un palmo delante de Bob.

Éste le lanzó una mirada asesina y aceleró hasta alcanzar una velocidad constante de unos setecientos metros por hora. Por su expresión decidida, Joe comprendió que Bob veía en él su gran oportunidad de no acabar en último lugar.

Joe apretó un poco más el paso. Ahora estaban casi correteando. Había empezado la carrera por el premio más codiciado: ¡llegar en penúltimo lugar! Por nada del mundo quería Joe acabar tras un gordinflón que corría en calzoncillos y camiseta, ¡nada menos que en su primer día de clase!

Después de lo que les pareció una eternidad, avistaron la borrosa línea de meta. Ambos estaban a punto de echar el bofe después de aquella carrera de tentetiesos.

De pronto, la desgracia se abatió sobre Joe. Sintió una punzada de dolor en un lado de su cuerpo.

—¡Aaaaaay! —gritó.

—¿Qué te pasa? —preguntó Bob, que entonces le llevaba unos pocos centímetros de ventaja.

—Me ha dado un dolor en el abdomen... Tengo que parar. Aaaaaay...

—Estás fingiendo. El año pasado una chica de noventa y cinco kilos me hizo lo mismo y acabó ganándome por una décima de segundo.

—Aaaaaay... ¡No estoy fingiendo! —le aseguró Joe, llevándose la mano al costado.

—A mí no me engañas, Joe. ¡Vas a ser el último, y este año todos los chicos van a reírse de ti! —exclamó Bob con un tono triunfal mientras se alejaba cada vez más.

Ser el hazmerreír de toda la escuela en su primer día de clase era lo último que deseaba Joe. Bastante se habían burlado de él cuando iba a St. Cuthbert. Sin embargo, aquel dolor se hacía más fuerte a cada paso que daba. Era como si lo estuviera quemando, abriendo un agujero en su costado.

—¿Y si te doy cinco libras para que llegues en último? —sugirió.

—Ni hablar —replicó Bob, resoplando.

—¿Diez?

—No.

—¿Veinte?

—Tendrás que esforzarte más.

—Cincuenta.

Bob se detuvo y se volteó para mirar a Joe.

—Cincuenta libras... —dijo—. Eso alcanza para un montón de chocolates.

—Sí —dijo Joe—. Un montón.

—Bien, trato hecho. Pero quiero el dinero ya.

Joe hurgó en el pantalón corto y sacó un billete de cincuenta libras.

—¿Qué es eso? —preguntó Bob.

—Un billete de cincuenta libras.

—Es el primero que veo. ¿De dónde lo sacaste?

—Ah, hum... La semana pasada fue mi cumple... —empezó Joe, trabándose un poco—. Y mi padre me lo dio como regalo.

El chico ligeramente más gordo estudió el billete por unos instantes, sosteniéndolo a contraluz como si fuera un artilugio de valor incalculable.

—Guau. Tu padre debe estar forrado de billetes —dijo.

El gordo cerebro de Bob no hubiera podido asimilar la verdad: que el señor Spud había regalado a su hijo dos millones de libras por su cumpleaños. Así que Joe se mordió la lengua.

—No, no te creas...

—Bueno, pues está bien —dijo Bob—. Volveré a llegar al último. Por cincuenta libras, si quieres llego mañana.

—Con que llegues unos pasos tras de mí bastará —dijo Joe—. Así resultará más creíble.

Joe avanzó a duras penas, pues seguía teniendo

dolor abdominal. Entonces empezó a distinguir los cientos de pequeños rostros que sonreían con crueldad. Cuando el chico nuevo cruzó la línea de meta, sólo oyó un murmullo de risitas contenidas. Tras él venía Bob, arrastrando los pies y sosteniendo el billete de cincuenta libras en la mano, pues sus calzoncillos no tenían bolsillo. Mientras se acercaba a la meta, los chicos empezaron a corear:

—¡BOLA! ¡BOLA! ¡BOLA! ¡BOLA! ¡BOLA! ¡BOLA! ¡BOLA! ¡BOLA! ¡BOLA! ¡BOLA! ¡BOLA! ¡BOLA! ¡BOLA! ¡BOLA! ¡BOLA!

Fueron elevando la voz cada vez más.

—¡BOLA! ¡BOLA! ¡BOLA! ¡BOLA! ¡BOLA! ¡BOLA! ¡BOLA! ¡BOLA! ¡BOLA! ¡BOLA! ¡BOLA! ¡BOLA! ¡BOLA! ¡BOLA! ¡BOLA! ¡BOLA! ¡BOLA! ¡BOLA!

¡BOLA! ¡BOLA! ¡BOLA!
¡BOLA! ¡BOLA! ¡BOLA!
¡BOLA! ¡BOLA! ¡BOLA!
¡BOLA! ¡BOLA! ¡BOLA!
¡BOLA! ¡BOLA! ¡BOLA!
¡BOLA! ¡BOLA! ¡BOLA!
¡BOLA! ¡BOLA! ¡BOLA!
¡BOLA! ¡BOLA! ¡BOLA!
¡BOLA! ¡BOLA! ¡BOLA!
¡BOLA! ¡BOLA! ¡BOLA!
¡BOLA! ¡BOLA! ¡BOLA!
¡BOLA! ¡BOLA! ¡BOLA!

Y entonces empezaron a aplaudir al unísono.

— ¡BOLA! ¡BOLA! ¡BOLA! ¡BOLA!
¡BOLA! ¡BOLA! ¡BOLA! ¡BOLA!
¡BOLA! ¡BOLA! ¡BOLA! ¡BOLA!
¡BOLA! ¡BOLA! ¡BOLA! ¡BOLA!
¡BOLA! ¡BOLA! ¡BOLA! ¡BOLA!

¡BOLA! ¡BOLA! ¡BOLA! ¡BOLA!
¡BOLA! ¡BOLA! ¡BOLA! ¡BOLA!
¡BOLA! ¡BOLA! ¡BOLA! ¡BOLA!
¡BOLA! ¡BOLA! ¡BOLA! ¡BOLA!
¡BOLA! ¡BOLA! ¡BOLA! ¡BOLA!
¡BOLA! ¡BOLA! ¡BOLA! ¡BOLA!
¡BOLA! ¡BOLA! ¡BOLA! ¡BOLA!
¡BOLA! ¡BOLA! ¡BOLA! ¡BOLA!
¡BOLA! ¡BOLA! ¡BOLA! ¡BOLA!
¡BOLA! ¡BOLA! ¡BOLA! ¡BOLA!
¡BOLA! ¡BOLA! ¡BOLA! ¡BOLA!
¡BOLA! ¡BOLA! ¡BOLA! ¡BOLA!
¡BOLA! ¡BOLA! ¡BOLA! ¡BOLA!
¡BOLA! ¡BOLA! ¡BOLA! ¡BOLA!
¡BOLA! ¡BOLA! ¡BOLA! ¡BOLA!
¡BOLA! ¡BOLA!

Sin inmutarse, Bob se abalanzó hacia la línea de meta.

–¡JA, JA, JA! ¡JA, JA, JA!
¡JA, JA, JA! ¡JA, JA, JA!
¡JA, JA, JA! ¡JA, JA, JA!
¡JA, JA, JA! ¡JA, JA, JA! ¡JA, JA, JA!
¡JA, JA, JA! ¡JA, JA, JA! ¡JA, JA!
¡JA, JA, JA! ¡JA, JA, JA!
¡JA, JA, JA! ¡JA, JA, JA!
¡JA, JA, JA! ¡JA, JA, JA!
¡JA, JA, JA! ¡JA, JA, JA!

¡JA, JA, JA! ¡JA, JA, JA!
¡JA, JA, JA! ¡JA, JA, JA!
¡JA, JA, JA! ¡JA, JA, JA, JA, JA!
¡JA, JA, JA! ¡JA, JA! ¡JA, JA, JA!
¡JA, JA, JA!

Los demás chicos se revolcaban en el suelo, desternillándose de risa, y señalando a Bob, que se había inclinado hacia adelante, tratando de recuperar el aliento.

Al darse la vuelta, Joe sintió una punzada de remordimiento. Mientras los demás chicos se dispersaban, fue hacia Bob y lo ayudó a enderezarse.

—Gracias —dijo Joe.

—De nada —contestó Bob—. La verdad es que tendría que haberlo hecho de todos modos. Si hubieras llegado al último en tu primer día de clase, no lo habrías superado nunca. Pero el año que viene tendrás que valerte por ti mismo. Aunque me ofrecieras un millón de libras, ¡no pienso volver a llegar al último!

Joe pensó en el cheque de dos millones de libras que le habían regalado por su cumpleaños.

—¿Y qué me dices de dos millones? —bromeó.

—¡Trato hecho! —contestó Bob, riendo—. ¿Te imaginas si tuvieras tanto dinero? ¡Qué loco! ¡Supongo que podrías comprar todo lo que quisieras!

Joe se obligó a sonreír.

—Sí —dijo—, quizá...

4

¿Rollos de papel higiénico?

—Oye, ¿dejaste los pants adrede? —preguntó Joe.

Para cuando Joe y Bob terminaron la carrera (o mejor dicho, la caminata) a campo traviesa, el señor Bruise había cerrado los vestidores. Estaban fuera del edificio de hormigón gris y Bob temblaba de frío. Ya habían ido en busca de la secretaria del colegio, pero allí no quedaba nadie. Bueno, nadie excepto el conserje, que al parecer no hablaba inglés. Ni ninguna otra lengua, a decir verdad.

—No —contestó Bob, un poco molesto por la insinuación—. Puede ser que no sea un gran atleta, pero tampoco soy un cobarde.

Deambularon por el recinto escolar, Joe en camiseta y pantalón corto y Bob en ropa interior, como dos pobres diablos a los que hubieran desplumado en plena calle.

—Y entonces ¿quién fue? —preguntó Joe.

—Yo qué sé. Es posible que hayan sido los Grubb. Son los abusivos oficiales de la escuela.

—¿Los Grubb?

—Sí. Son gemelos.

—Ah —dijo Joe—. No los conozco.

—Tranquilo, ya los conocerás —le aseguró Bob, muy a su pesar—. ¿Sabes?, me siento fatal por haberme quedado con el dinero de tu cumple…

—No tienes por qué —le dijo Joe—. No pasa nada.

—Pero cincuenta libras es mucho dinero —protestó Bob.

Cincuenta libras no era mucho dinero para los Spud. He aquí algunas de las cosas que Joe y su padre solían hacer con los billetes de cincuenta libras:

- Prenderles fuego en lugar de usar papel de periódico para encender la barbacoa.
- Dejar un fajo de billetes junto al teléfono y usarlo como bloc de notas.
- Forrar la jaula del hámster con puñados de billetes y tirarlos al cabo de una semana, cuando empezaban a apestar a orina.

- Dejar que el mismo hámster usara un billete para secarse después de bañarse.
- Usarlos como filtro para la máquina del café.
- Hacer gorros de fiesta con los billetes para ponérselos el día de Navidad.
- Sonarse con ellos.

- Escupir los chicles masticados en un billete de cincuenta antes de arrugarlo y depositarlo en la mano de un mayordomo, que lo dejaría en la mano de un criado, que a su vez lo pondría en la mano de una doncella, que a su vez lo tiraría a la basura.
- Hacer aviones de papel con ellos y tirárselos el uno al otro.
- Tapizar el baño de la planta baja con ellos.

—No te he preguntado —dijo Bob—: ¿a qué se dedica tu padre?

Por unos instantes Joe no supo qué contestar.

—Hummm, pues... se dedica... se dedica a hacer rollos de papel higiénico —dijo, mintiendo sólo en parte.

—¿Rollos de papel higiénico? —preguntó Bob, sin poder evitar sonreír.

—Pues sí —replicó Joe con tono desafiante—. Hace rollos de papel higiénico.

A Bob se le borró la sonrisa del rostro.

—No debe ganar demasiado.

Joe frunció el ceño.

—Hummm... no, la verdad es que no.

—Entonces tu padre ha debido ahorrar durante semanas para poder darte cincuenta libras. Ten, te las devuelvo.

Con cuidado, Bob le tendió el billete de cincuenta libras, ahora un poco arrugado.

65

—No, quédatelo —protestó Joe.

Bob puso el billete en la mano de Joe.

—Es tu regalo de cumpleaños. Quédatelo tú.

Joe sonrió, vacilante, y cerró los dedos en torno del billete.

—Gracias, Bob. Y tu padre, ¿a qué se dedica?

—Mi padre murió el año pasado.

Siguieron caminando en silencio unos instantes. Lo único que Joe alcanzaba a oír eran los latidos de su corazón. No se le ocurría nada que decir. Sólo sabía que su nuevo amigo le daba mucha lástima. Entonces recordó que cuando alguien moría solía decirse: «Lo siento».

—Lo siento —dijo.

—No es culpa tuya —contestó Bob.

—Bueno… quiero decir que siento… que se haya muerto.

—Ya, yo también lo siento.

—¿De qué se…?, ya sabes…

—De cáncer. Daba mucho miedo. Se fue poniendo cada vez más enfermo, hasta que un día me sacaron de clase para llevarme al hospital. Nos quedamos allí junto a su cama durante mucho rato, oyendo su respiración entrecortada, hasta que de pronto dejamos de oírla. Yo salí corriendo para llamar a la enfermera, y cuando entró dijo que mi padre «se había ido». Ahora sólo estamos mi madre y yo.

—¿En qué trabaja tu madre?

—Es cajera del súper. Allí se conocieron mi padre y ella. Él siempre iba a comprar los sábados por la mañana. ¡Solía decir en broma que había entrado por un litro de leche y había salido con una mujer debajo del brazo!

—Debío ser un hombre divertido —comentó Joe.

—Sí lo era —dijo Bob, sonriendo—. Mamá también tiene otro trabajo. Por las noches limpia una residencia de ancianos, para poder llegar a fin de mes.

—Guau —dijo Joe—. ¿Y no se cansa mucho?

—Sí —contestó Bob—, así que por lo general yo me encargo de limpiar y todo eso.

Joe sintió mucha lástima por Bob. Desde que tenía ocho años, nunca había tenido que mover un solo dedo en casa; siempre estaba el mayordomo, la criada, el jardinero, el chofer o quien fuera para hacerlo todo. Sacó el billete del bolsillo. Si alguien necesitaba ese dinero era Bob.

—Por favor, Bob, quédate con las cincuenta libras.

—No. No las quiero. Me sentiría mal.

—Bueno, pues al menos déjame invitarte un chocolate.

—Trato hecho —dijo Bob—. Vamos al quiosco de Raj.

5

Huevos de Pascua caducados

¡TILÍN!

No, queridos lectores, no es su timbre el que suena. No hace falta que se levanten. Es el sonido de la campanilla que tintineó en la tienda de Raj cuando Bob y Joe abrieron la puerta.

—¡Ah, Bob! ¡Mi cliente favorito! —saludó Raj—. ¡Bienvenidos, bienvenidos!

Raj era el quiosquero del barrio. Todos los chicos lo adoraban. Era como ese tío gracioso que todo el mundo quisiera tener. Y, por si eso fuera poco, vendía toda clase de chucherías.

—¡Hola, Raj! —saludó Bob—. Te presento a Joe.

—¡Hola, Joe! —exclamó Raj—. ¡Dos niños de buen comer en mi tienda al mismo tiempo! ¡La suerte me sonríe! ¿Por qué llevan tan poca ropa?

—Venimos directamente de una carrera a campo traviesa —explicó Bob.

—¡Estupendo! ¿Qué tal les ha ido?

—Él acabó en primero y yo en segundo... —empezó Bob.

—¡Eso es maravilloso! —exclamó Raj.

—... por la cola —concluyó el chico.

—Eso no es tan maravilloso. Pero supongo que tienen hambre después de tanto ejercicio. ¿En qué puedo servirles?

—Nos gustaría comprar chocolates —dijo Joe.

—Bien, han venido al lugar adecuado. ¡Tengo la mejor selección de chocolates de toda la manzana! —anunció Raj, muy orgulloso. Teniendo en cuenta que las demás tiendas de la manzana eran una lavandería y una florería que había cerrado hacía siglos, no era de extrañar que sus chocolates se llevaran las palmas, pero los chicos no dijeron nada.

Si algo sabía Joe era que un chocolate no tenía que costar mucho dinero para estar bueno. De hecho, después de muchos años atiborrándose de los mejores chocolates belgas y suizos, su padre y él habían llegado a la conclusión de que no estaban ni la mitad de buenos que un chocolate Yorkie de toda la vida. O una bolsa de Smarties.

O, para los verdaderos conocedores, un Double Decker.

—Bueno, caballeros, avísenme si necesitan algo —dijo el quiosquero. El género en la tienda de Raj se exponía sin orden ni concierto. ¿Qué hacía la revista *Playboy* al lado del Tipp-Ex? Si uno no encontraba las gomitas de colores, lo más probable era que estuvieran escondidas debajo de un diario de 1982. ¿Y qué demonios hacían las notas adhesivas en el congelador?

Sin embargo, la gente del barrio seguía acudiendo a la tienda de Raj porque se hacía querer. Él también quería a sus clientes, en especial a Bob, que era uno de los mejores que tenía, sin ningún género de dudas.

—Vamos a echar un vistazo, gracias —contestó Bob mientras estudiaba las hileras y más hileras de chucherías en busca de algo especial. Por una vez, el dinero no era un problema. Joe llevaba en el bolsillo un billete de cincuenta libras. Hasta podrían permitirse comprar uno de los huevos de Pascua caducados de Raj.

—Esos chocolates Wispas de ahí acaban de llegar, caballeros. Son fresquitos de esta mañana —aventuró Raj.

—De momento sólo estamos mirando, gracias —replicó Bob educadamente.

—Los huevos de chocolate están en plena temporada —sugirió el quiosquero.

—Gracias —le respondió Joe con una sonrisa amable.

—Sólo quería que supieran que estoy aquí para ayudarlos —dijo Raj—. Si puedo serles de utilidad, por favor, no duden en acudir a mí.

—Lo haremos —le aseguró Joe.

Hubo un breve silencio.

—Permítanme que les diga que hoy se nos han acabado los chocolates Flake, caballeros —continuó Raj—. Ha habido un problema con el proveedor, pero mañana volveré a tenerlos a la venta.

—Gracias por avisar —contestó Bob, intercambiando una mirada con Joe. Empezaban a desear que el quiosquero los dejara mirar en paz.

—Puedo recomendarles el chocolate Ripple. Antes me he comido uno y estaba para chuparse los dedos.

Joe asintió cortésmente.

—Los dejaré a solas para que puedan escoger. Como he dicho antes, aquí me tienen si necesitan ayuda.

—¿Puedo comprarme uno de éstos? —preguntó Bob, agarrando una tableta gigante de Dairy Milk para enseñársela a Joe.

Éste se echó a reír.

—¡Claro que sí!

—Una gran elección, caballeros. Precisamente, hoy las tengo en oferta. Por la compra de diez chocolates de ésos, se llevarán uno gratis —dijo Raj.

—Creo que de momento tenemos bastante con uno, Raj —replicó Bob.

—Pues entonces compren cinco y se llevarán la mitad de uno gratis…

—No, gracias —dijo Joe—. ¿Cuánto es?

—Tres libras con veinte peniques, por favor.

Joe sacó el billete de cincuenta libras. Raj se le quedó mirando con cara de asombro.

—¡Vaya por Dios! Es la primera vez que veo uno de ésos. ¡Debes ser un chico muy rico!

—Qué va, para nada —contestó Joe.

—Su padre se lo regaló para su cumpleaños —apuntó Bob.

—Qué suerte la tuya —dijo Raj, y se quedó mirando fijamente a Joe—. ¿Sabes, jovencito?, tu cara me resulta familiar.

—Ah, ¿sí? —preguntó Joe, un poco nervioso.

—Sí, estoy seguro de que te he visto antes. —Raj se daba unos golpecitos en la barbilla mientras pensaba. Bob lo miraba, confuso—. Sí —concluyó Raj al cabo de un rato—. No hace mucho vi una foto tuya en alguna revista.

—Lo dudo, Raj —se burló Bob—. ¡Su padre se dedica a hacer rollos de papel higiénico!

—¡Eso es! —exclamó Raj. Hurgó entre una pila

de diarios antiguos y sacó el suplemento «Grandes Fortunas» del *Sunday Times*.

Joe estaba al borde del pánico.

—Tengo que irme...

El quiosquero hojeó la revista.

—¡Ya te tengo! —Raj señaló una foto en la que se veía a Joe medio encaramado en el cofre de su coche de carreras y leyó en voz alta—: Los niños más ricos de Gran Bretaña. Número uno: Joe Spud, doce años. Heredero del imperio Pompisfresh. Fortuna estimada: diez mil millones de libras.

Un gran trozo de chocolate cayó de la boca de Bob y fue a parar al suelo.

—¿Diez mil millones?

—¡Ni en sueños tengo yo diez mil millones! —protestó Joe—. Los periodistas siempre exageran. A lo mucho, tendré ocho mil millones. Y ni siquiera puedo tocar la mayor parte de ese dinero hasta que sea mayor de edad.

—¡Pero sigue siendo un montón de dinero! —exclamó Bob.

—Sí, supongo que sí.

—¿Por qué no me lo habías dicho? Creía que éramos amigos.

—Lo... lo siento —farfulló Joe—. Sólo quería ser un chico normal. Ser el hijo de alguien que se ha hecho multimillonario gracias al papel higiénico es bastante embarazoso.

—¡No, no, no, deberías estar orgulloso de tu padre! —exclamó Raj—. Su historia es un ejemplo a seguir para todos nosotros. ¡Un hombre humilde que se hizo millonario gracias a una simple idea!

Joe nunca se había detenido a pensar en su padre de ese modo.

—¡Leonard Spud ha revolucionado para siempre la forma en que nos limpiamos el trasero! —añadió Raj entre risas.

—Gracias, Raj.

—¡Por favor, dile a tu padre que he empezado a usar Pompisfresh y me encanta! ¡Nunca había tenido el trasero tan limpio y reluciente! ¡Hasta pronto!

Los dos chicos caminaban por la calle en silencio. Lo único que se oía era a Bob sorbiendo el chocolate que se le había quedado entre los dientes.

—Me has mentido —dijo.

—Bueno, te he dicho que se dedicaba a hacer rollos de papel higiénico —replicó Joe, incómodo.

—Sí, pero…

—Lo sé, lo siento —era el primer día de Joe en la nueva escuela y su secreto ya había salido a la luz—. Ten, el cambio —dijo Joe, hurgando en el bolsillo en busca de los dos billetes de veinte libras.

Bob parecía destrozado.

—No quiero tu dinero.

—¡Pero si soy multimillonario! —insistió Joe—. Y mi padre está podrido en dinero. Ni siquiera sé cuánto tiene, pero sé que es mucho. Tómalo, anda. Ten, puedes quedarte con esto también.

Sacó un fajo de billetes de cincuenta libras.

—No lo quiero —dijo Bob.

Joe se le quedó mirando, turulato.

—¿Por qué no?

—Porque me da igual tu dinero. Hoy me la he pasado bien contigo; no quiero nada más.

Joe sonrió.

—Yo también la he pasado bien —carraspeó un poco—. Oye, lo siento mucho, de verdad. Lo que pasa es que… En mi antiguo colegio todos se reían de mí y me llamaban *Joe Limpiaculos*. Sólo quería ser un chico normal.

—Te entiendo —dijo Bob—. A lo mejor deberíamos volver a empezar.

—Sí —respondió Joe.

Bob se detuvo y alargó la mano.

—Me llamo Bob —dijo.

Joe le estrechó la mano.

—Joe Spud.

—¿Algún otro secreto?

—No —contestó Joe, sonriendo—. Sólo ése.

—Bien —dijo Bob, sonriendo también.

—No se lo dirás a nadie en el colegio, ¿verdad? —preguntó Joe—. Lo de que soy multimillonario. Me moriría de vergüenza. Sobre todo si descubrieran cómo se hizo rico mi padre. Por favor...

—Si no quieres que lo diga, no lo haré.

—No, no quiero. De verdad que no.

—Está bien, pues entonces no lo diré.

—Gracias.

Los dos amigos siguieron calle abajo. Unos pasos más allá, Joe no pudo más. Se volteó hacia Bob, que ya había despachado la mitad de la enorme tableta de Dairy Milk.

—Entonces... ¿me das un poco de chocolate? —preguntó.

—Sí, claro. Es para compartir —dijo Bob mientras le partía a su amigo un diminuto trozo de chocolate.

6

Los Grubb

—¡OYE, BOLA! —gritó alguien desde atrás.

—Tú sigue caminando como si nada —dijo Bob.

Joe volteó a medias y vislumbró a dos gemelos. Tenían una pinta aterradora, como gorilas disfrazados de humanos. Debían ser los temidos hermanos Grubb de los que Bob le había hablado.

—No te des la vuelta —dijo Bob—. Lo digo en serio. Tú sigue caminando.

Joe empezaba a desear poder ir cómodamente sentado en el asiento trasero de su Rolls Royce y no caminando hacia la parada del autobús.

—¡EH, BOLA DE SEBO!

Cuanto más deprisa caminaban, más resonaban los pasos a su espalda. Aunque todavía era pronto, estaban en invierno y no tardaría en hacerse de noche. Las farolas de la calle se encendieron con un parpadeo y derramaron su luz amarilla sobre el suelo mojado.

—Deprisa, métete por ahí —ordenó Bob.

Los chicos entraron a toda prisa en un callejón y se escondieron detrás de un enorme contenedor de basura verde, entre éste y la puerta trasera del restaurante Bella Pasta.

—Creo que los hemos perdido —susurró Bob.

—¿Eran los Grubb? —preguntó Joe.

—¡Chissst! ¡No levantes la voz!

—Lo siento —susurró Joe.

—Sí, eran los Grubb.

—¿Los que se meten contigo?

—Sí, ésos. Son gemelos idénticos. Dave y Sue Grubb.

—¿Sue? ¿Uno de ellos es una chica?

Joe habría jurado que cuando había volteado a medias para ver a los gemelos ambos tenían la cara recubierta de grueso vello.

—Sí, Sue es una chica, como su nombre indica —contestó Bob con cierto retintín.

—Entonces no pueden ser idénticos —replicó Joe en susurros—. Si son chico y chica, quiero decir.

—Sí, claro, pero nadie puede distinguirlos.

De pronto, Joe y Bob oyeron un ruido de pasos que sonaba cada vez más cerca.

—¡Aquí huele a gordo! —dijo alguien a grito pelado.

Los Grubb hicieron rodar el contenedor y descubrieron a los dos chicos acurrucados detrás. Era la primera vez que Joe los observaba de cerca. Bob tenía razón: los hermanos Grubb eran idénticos.

Ambos llevaban el pelo a rape, y ambos tenían nudillos peludos y bigote. Todo lo cual no hacía presagiar nada bueno para los dos amigos.

Juguemos a descubrir las diferencias entre los Grubb.

¿Pueden señalar diez diferencias entre estos dos?

No, no pueden. Son como dos gotas de agua.

Una ráfaga de viento helado barrió el callejón. Una lata vacía rodó por el suelo. Algo se agitó entre los arbustos.

—Qué, ¿cómo te ha ido en la carrera a campo traviesa sin pants, Bola? —se burló uno de los Grubb.

—¡Sabía que habían sido ustedes! —replicó Bob, enfadado—. ¿Qué han hecho con él?

—¡Está en el canal! —dijo el otro entre risas.

—Trae para acá ese chocolate.

Ni siquiera sus voces permitían distinguir cuál de los dos era Dave y cuál era Sue. Ambos alternaban graves y agudos en la misma frase.

—Iba a llevármelo a casa para mi madre —protestó Bob.

—Me importa un rábano —replicó el otro Grubb.

—Dánosla, pedazo de *** —dijo el otro.

Debo confesar, queridos lectores, que esa ristra de asteriscos era una palabrota. Otras palabrotas habituales son ***, *** y, por supuesto, la increíblemente grosera ***********************. Si no conocen ninguna palabrota, será mejor que le pidan a uno de sus padres, o a un profesor, o a cualquier otro adulto responsable que les haga una lista.

Por ejemplo, he aquí algunos de los insultos que conozco:

Zoquete

Caravinagre

Abrazafarolas

Monigote

Cabezahueca

Espantajo

Troglodita

Cantamañanas

Zopenco

Cabeza de alcornoque

Cernícalo

Carapasmado

Mameluco

Obtuso

Mentecato

Pasmarote

Cagamandurrias

Papanatas

Borrico

Tontaina

Mastuerzo

Cabeza de chorlito

Tarambana

Mamarracho

Mendrugo

Carapedo

Panoli

Cascarrabias

Pazguato

Lerdo

Batracio

Cacatúa

Ablandabrevas

Cagatintas

Ojosapo

Camafeo

Tiquismiquis

Chupasangre

Tragaldabas

Cromañón

Mostrenco

Caracaballo

Zampabollos

Malasombra

Pavisoso

Rompehoyos

Cejijunto

Catacaldos

Boquiflojo

Cateto

Balaperdida

Pollopera

Cardo borriquero

Cebollino

Pagafantas

Cenutrio

Todas estas palabras son tan malsonantes que jamás se me ocurriría ponerlas en uno de mis libros.

—¡Déjenlo en paz! —exclamó Joe.

Nada más decirlo se arrepintió de haber llamado la atención, pues los Grubb avanzaron hacia él.

—¿O qué...? —lo retó Dave, o tal vez fuera Sue. Ambos tenían un aliento apestoso porque se habían zampado una bolsa de papas fritas con sabor a coctel de camarón que le habían robado a una niña de segundo.

—O... —Joe trató de pensar en una réplica que dejara planchados a los dos matones de una vez por todas—. O me llevaré una decepción con ustedes.

No puede decirse que aquello sonara muy amenazante.

Los Grubb se echaron a reír. Arrebataron a Bob lo que quedaba del chocolate y luego lo agarraron por los brazos, lo levantaron en el aire y, mientras Bob pedía socorro a gritos, lo dejaron caer en el contenedor de basura. Antes de que Joe pudiera decir nada, los Grubb se alejaron calle abajo a grandes zancadas, muertos de risa, con la boca llena de chocolate robado.

Joe arrastró una caja de madera hasta el contenedor y se subió a ésta para ganar altura. Luego se inclinó hacia el interior y sujetó a Bob por debajo

de los brazos. Con gran esfuerzo, empezó a jalar de su voluminoso amigo hacia afuera.

—¿Estás bien? —preguntó mientras se esforzaba por no dejar caer a Bob.

—Oh, sí. Esto me lo hacen casi todos los días —dijo Bob.

Se quitó unos trozos de espagueti y queso parmesano del pelo rizado; algunos quizás estuvieran allí desde la última vez que los Grubb lo habían metido en un contenedor.

—¿Y por qué no se lo cuentas a tu madre?

—No quiero que se preocupe por mí. Ya tiene bastantes preocupaciones —replicó Bob.

—Pues entonces tal vez deberías contárselo a algún profesor.

—Los Grubb me dijeron que, si alguna vez los acusaba, me darían una paliza de verdad. Saben dónde vivo, y aunque los expulsaran de la escuela vendrían por mí —dijo Bob. Parecía a punto de llorar. A Joe no le gustaba ver a su nuevo amigo en semejante estado—. Algún día me las pagarán. Lo sé. Mi padre siempre decía que la mejor manera de acabar con los abusones es enfrentándolos, y algún día lo haré.

Joe miró a Bob, quien seguía en ropa interior y cubierto de sobras de comida italiana. Lo imaginó confrontando a los Grubb. El pobre no tenía la menor posibilidad.

«Pero quizás haya otro modo —pensó—. Tal vez yo consiga que los Grubb lo dejen en paz para siempre.»

Joe sonrió para sus adentros. Aún se sentía mal por haber sobornado a Bob para que llegara en último lugar en la carrera, pero ya sabía cómo compensarlo. Si su plan salía bien, Bob y él serían más que simples amigos. Serían inseparables.

7

Tostadas de jerbo

—Te he comprado una cosa —dijo Joe. Bob y él estaban sentados en un banco del patio, viendo cómo los chicos más ágiles jugaban futbol.

—Sólo porque estés forrado de dinero no tienes por qué comprarme nada —replicó Bob.

—Ya lo sé, pero… —Joe sacó una gran tableta de Dairy Milk de la mochila. Bob no pudo evitar que se le iluminara el rostro.

—Podemos compartirla —dijo Joe, y partió un trocito minúsculo de chocolate que luego volvió a partir en dos.

Bob parecía desconsolado.

—¡Es broma! —dijo Joe—. Ten —añadió, tendiendo la tableta a Bob para que éste se sirviera.

—Oh, vaya… —dijo Bob.

—¿Qué pasa? —preguntó Joe.

Bob señaló con el dedo. Los Grubb avanzaban hacia ellos, cruzando el patio con parsimonia e interrumpiendo el partido, aunque nadie se atrevió a protestar.

—Deprisa, larguémonos de aquí —sugirió Bob.

—¿Adónde?

—Al comedor. No se atreverán a entrar allí. Nadie se atreve a hacerlo.

—¿Por qué no?

—Ya lo verás.

Cuando irrumpieron en el comedor no había un alma, con excepción de la cocinera.

Poco después llegaron los Grubb, pisándoles los talones. Seguía sin estar claro cuál de los dos era el chico y cuál la chica.

—¡Si no han venido a comer, ya se están largando! —gritó la señora Trafe.

—Pero, señora Trafe... —dijo Dave, o quizá fue Sue.

—¡HE DICHO QUE SE LARGUEN!

Los gemelos se retiraron de mala gana mientras Joe y Bob se dirigían tímidamente al mostrador de la comida.

La señora Trafe era una mujer sonriente, de esa edad que tienen todas las cocineras de escuela. De camino allí, Bob le había explicado que la señora Trafe era bastante agradable, pero su comida era intragable. Los alumnos de la escuela preferían morir que comer algo de lo que ella preparaba. En realidad, eso es lo que seguramente pasaría si comían alguno de sus platos.

—¿Y éste quién es? —preguntó la señora Trafe, mirando a Joe con mucha atención.

—Es mi amigo Joe —dijo Bob.

Pese al olor vomitivo que flotaba en el aire, Joe sintió una alegría inmensa. ¡Nadie hasta entonces se había referido a él como un amigo!

—¿Qué se les antoja? —preguntó la señora Trafe, sonriente—. Tengo una deliciosa empanada de tejón con cebolla. Y, para los vegetarianos, papas rellenas de calcetín y dedos de queso con ralladura de uñas.

—Mmm, todo suena delicioso… —mintió Bob mientras los Grubb los miraban con los ojos como platos por fuera de las ventanas mugrientas.

La comida de la señora Trafe era realmente incalificable. He aquí uno de sus menús semanales:

Lunes

Sopa del día: juliana de avispas

Tostadas de jerbo

O

Lasaña de pelo *(plato vegetariano)*

O

Chuleta de ladrillo

Todo ello servido con láminas de cartón frito

Postre: pastel de sobaco

Martes

Sopa del día: caldo de orugas

Macarrones con salsa de moco verde

(plato vegetariano)

O

Estofado de bicho atropellado

(según temporada)

O

Pisto de hortalizas y zapatillas

Todo ello servido con ensalada de telarañas

Postre: helado de queso de pie

Miércoles

Sopa del día: crema de erizo con sus púas
Paella de guacamaya
(puede contener trazas de alpiste)

O

Risotto de caspa

O

Sándwich de pan
(una rebanada de pan de caja entre
dos rebanadas de pan de caja)

O

Gato a la plancha (plato de dieta)

O

Boloñesa de tierra
Todo ello servido con astillas de madera
hervidas o limaduras de hierro fritas
Postre: tarta de ardilla con nata o helado

Jueves: menú indio

Sopa del día: potaje de turbante

Entradas: papadums de papel (tamaño DIN
A3 o DIN A4, a elegir) con chutney de tinta
verde

Plato principal: Tandori de toallitas
húmedas (plato vegano)

O

Curry de hormigas (picante)

O

Lagartija en salsa vindaloo (muy picante)

Todo ello servido con pakoras de moco verde

Postre: refrescante sorbete de arena

Viernes

Sopa del día: salmorejo de tortuga

Filetes de nutria rebozados

O

Quiche de lechuza *(plato sin gluten)*

O

Caniche estofado

(no apto para vegetarianos)

Todo ello servido con salsa de carne

Postre: mousse de gamusino

—Qué difícil elección... —dijo Bob, buscando entre las bandejas del mostrador algo que pareciera mínimamente comestible—. Hummm, creo que con un par de papas rellenas tendremos bastante.

—¿De casualidad podría comerme la mía sin el relleno de calcetín? —suplicó Joe.

Bob miró a la señora Trafe, esperanzado.

—Te puedo poner unas virutas de cera de orejas, si quieres. ¿O la prefieres espolvoreada con caspa...? —sugirió la señora Trafe con una sonrisa.

—Hummm, creo que me la comeré tal cual, gracias —dijo Joe.

—¿Un poco de moho hervido para acompañar, quizás? —insistió la señora Trafe, blandiendo un cucharón lleno de algo verde e indescriptible—. Al fin y al cabo, están creciendo...

—Yo estoy a dieta, señora Trafe —dijo Joe.

—Yo también —añadió Bob.

—Es una lástima, chicos —se lamentó la cocinera, alicaída—. Hoy tenemos un postre irresistible: natillas de medusa.

—Qué mala pata, es mi preferido —dijo Joe—. Pero no pasa nada.

Llevó su bandeja hasta una de las mesas desiertas y se sentó. Cuando fue a picar la papa rellena con el tenedor, se dio cuenta de que la señora Trafe se había olvidado de asarla.

—¿Qué tal están las papas? —preguntó la cocinera desde la otra punta del comedor.

—¡Deliciosas, señora Trafe! —contestó Joe a gritos mientras paseaba la papa cruda por el plato. Aún estaba cubierta de tierra, y vio un gusano asomando por un agujerito—. Odio las papas reblandecidas. ¡Ésta está en su punto!

—Me alegro —dijo la mujer.

Bob intentaba masticar la suya, pero estaba tan asquerosa que se le saltaban las lágrimas.

—¿Te pasa algo, muchacho? —preguntó la señora Trafe.

—No, qué va… ¡Está tan deliciosa que lloro de felicidad! —mintió.

¡RRRRRRRRiiiiiiiiiiiiiiiiiiiiiiiiiiiiNNNNNNNNNNGGGGGGG!

Una vez más, eso no ha sido el timbre de su casa, queridos lectores, sino el de la escuela, que anunciaba el final de la hora del almuerzo.

Joe soltó un suspiro de alivio. ¡Salvados por la campana!

—Vaya, qué lástima, señora Trafe —se lamentó Joe—. Tenemos que irnos a clase de matemáticas.

La cocinera se acercó a la mesa cojeando e inspeccionó los platos.

—¡Pero si apenas las han probado! —protestó.

—Lo siento. Es que llenan mucho. Pero estaban muy sabrosas, de verdad —dijo Joe.

Bob le dio la razón asintiendo con la cabeza. Seguía llorando.

—Bueno, da igual. Puedo meterlas en el refrigerador y se las acaban mañana.

Joe y Bob intercambiaron una mirada de pánico.

—No hace falta que se moleste, de verdad —dijo Joe.

—No es ninguna molestia. Los espero mañana. Habrá un menú especial. Es el aniversario del ataque a Pearl Harbor, así que toca comida japonesa. Voy a hacer mi sushi de pelillos de sobaco y también renacuajos en tempura... ¿Chicos...? ¿Chicos...?

—Creo que los Grubb se han ido —dijo Bob cuando se escabulleron del comedor—. Tengo que ir al baño.

—Te espero —dijo Joe. Se apoyó contra la pared mientras Bob desaparecía tras una puerta. En circunstancias normales Joe habría pensado que los

baños del colegio olerían fatal y le habría horrorizado tener que usarlos, acostumbrado como estaba a la intimidad de su baño con tocador incorporado y su jacuzzi tamaño piscina olímpica. Pero lo
cierto es que no olían tan mal como el comedor.

De pronto, Joe notó la presencia de dos bultos
a su espalda. No necesitaba darse la vuelta para saber que eran los Grubb.

—¿Dónde se ha metido? —preguntó uno.

—En el baño de chicos, pero no pueden entrar
ahí —dijo Joe—. O al menos uno de ustedes no
puede hacerlo.

—¿Dónde está el chocolate? —preguntó el
otro.

—Lo tiene Bob —contestó Joe.

—Pues entonces tendremos que esperar a que
salga —replicó uno de los Grubb.

El otro Grubb se volvió hacia Joe con cara de
pocos amigos.

—Dame una libra. A menos que quieras quedarte manco, claro…

Joe tragó saliva.

—En realidad… me alegro de haberme topado con ustedes, chicos. Bueno, chico y chica, claro está.

—Claro está —repitió Dave, o quizá fue Sue—. Dame esa libra.

—Espera —dijo Joe—. Es sólo que… me preguntaba si…

—Ve por él, Sue —dijo uno de los Grubb, revelando quizá por primera vez cuál de los gemelos era el chico y cuál la chica. Pero entonces los hermanos agarraron a Joe entre los dos y lo obligaron a darse la vuelta, con lo que lo despistaron otra vez.

—¡No, esperen! —dijo Joe—. Quiero proponerles algo…

8

La Bruja

¡RRRRRRRRɪɪɪɪɪɪɪɪɪɪɪɪɪɪɪɪɪɪɪɪNNN NNNNNNNNGGGGGG!

—¡Que suene el timbre no significa que la clase se haya acabado! —advirtió la señorita Spite con cara de pocos amigos.

A los profesores les encanta decir eso. Es una de sus frases preferidas, como seguramente saben. Ahí van las diez muletillas favoritas de los profesores de todos los tiempos:

 En el puesto número diez: «¡Nada de carreras!».

En el puesto número nueve desde hace décadas: «Eso que tienes en la boca no será un chicle, ¿verdad?».

 Escalando tres puestos, hasta el número ocho: «No quiero oír ni una mosca».

 En el puesto número siete, tras bajar desde el número uno: «Eso ni se pregunta».

 Una nueva entrada en el puesto número seis: «¿Cuántas veces se los tengo que repetir?».

 Baja un puesto, al número cinco: «Cuéntanos el chiste, y así nos reímos todos».

 En el puesto número cuatro, otro clásico: «¡Recoge eso del suelo!».

Recién llegado al puesto número tres: «¿Quieres aprobar?».

 En el puesto número dos, a tan sólo un paso de la cima: «A que en tu casa no lo harías».

Y aguantando en el puesto número uno: «No eres sólo tú el que queda mal, sino que haces quedar mal a toda la escuela».

La profesora de historia era la señorita Spite. La señorita Spite olía a col podrida. Eso era lo mejor que se podía decir de ella. Era uno de los profesores más temidos de la escuela. Cuando sonreía, parecía un cocodrilo a punto de comerte de un solo bocado. Nada le gustaba más que castigar a los alumnos, y en cierta ocasión había suspendido a una chica sólo por haber dejado caer un chícharo en el suelo del comedor.

—¡Ese chícharo podría haberle sacado un ojo a alguien! —gritó.

Los alumnos de la escuela se divertían poniendo apodos a los profesores. Algunos eran afectuosos; otros, crueles. Al señor Paxton, el profesor de francés, lo llamaban *Tomate* porque tenía una cara grande, redonda y colorada. El director, el señor Dust, se había ganado el apodo *la Tortuga* por el parecido que tenía con ese animal: era muy mayor, estaba arrugado como una pasa y caminaba increíblemente despacio. El subdirector, el señor Underhill, era conocido como *Señor Zorrillo* porque apestaba un poco, sobre todo en verano. Y a la señora MacDonald, la profesora de biología, la llamaban *la Mujer Barbuda*, o bien *la Abominable Mujer de las Nieves* porque... bueno, supongo que imaginan por qué.

Pero a la señorita Spite la llamaban simplemente *la Bruja*. Era el único apodo que le quedaba como anillo al dedo, y había pasado entre los alumnos de la escuela de generación en generación.

No obstante, todos los chicos a los que impartía clase aprobaban su materia porque les aterraba la posibilidad de reprobarla.

—Aún nos queda el pequeño detalle de la tarea de anoche... —anunció la señorita Spite con un deleite cruel que revelaba su desesperación por encontrar a alguien que no la hubiera hecho.

Joe hurgó disimuladamente en el interior de su mochila. ¡Horror! El cuaderno de ejercicios no estaba allí. Se había pasado toda la noche escribiendo un aburridísimo trabajo de quinientas palabras sobre una vieja reina muerta, pero con las prisas por llegar puntual a la escuela debió dejarlo sobre la cama.

«¡Oh, no! —pensó—. Oh, no, no, no, no, no...»

Miró a Bob, desesperado, pero lo único que podía hacer su amigo era dedicarle una sonrisa compasiva.

La señorita Spite recorrió el aula con la mirada, al acecho, como un *Tyrannosaurus rex* tratando de decidir a cuál de aquellas pequeñas criaturas devoraría primero. Para su evidente decepción, decenas de manitas mugrientas se alzaron en el aire, sosteniendo sus trabajos. La maestra los fue recogiendo uno tras otro y se detuvo al llegar a Spud.

—Verá, señorita... —farfulló Joe.

—¿Síiiiiiiiiiiiiíí, Ssspppuuuddd? —dijo la señorita Spite, alargando las palabras tanto como podía para regodearse en aquel momento de puro placer.

—La hice, pero...

—¡Oh, sí, claro que la hiciste! —replicó *la Bruja* con una risa burlona. Todos los demás alumnos excepto Bob también reían con disimulo. No había nada más divertido que ver cómo un compañero se metía en una situación comprometida.

—La dejé en casa.

—¡Te va a tocar limpiar el patio! —replicó la profesora.

—Le estoy diciendo la verdad, señorita. Y mi padre está en casa, así que podría…

—Tendría que haberlo imaginado. Salta a la vista que tu padre no trabaja, que no tiene donde caerse muerto y se pasa el día en casa sentado delante de la tele, igual que harás tú dentro de diez años. ¿Verdad…?

Al oír aquello, Joe y Bob no pudieron evitar mirarse y sonreír.

—A ver… —empezó Joe—. Si lo llamara y le pidiera que me trajera tu trabajo olvidado a clase, ¿me creería?

La señorita Spite sonrió de oreja a oreja. Aquello prometía.

—Spud, te doy exactamente quince minutos para que me entregues el trabajo. Espero que tu padre sea rápido.

—Pero... —empezó Joe.

—Nada de peros, muchacho. Quince minutos.

—Muchísimas gracias, señorita —dijo Joe con sarcasmo.

—No hay de qué —replicó *la Bruja*—. Me gusta creer que en esta clase todo el mundo tiene la oportunidad de corregir sus errores.

Volteó hacia el resto de la clase.

—Los demás pueden marcharse —dijo.

Los alumnos empezaron a salir en tromba hacia el pasillo. La señorita Spite les advirtió a grito pelado:

—¡Nada de carreras!

La profesora no podía resistirse a usar otra de aquellas frases hechas. Era la reina de las muletillas, y una vez que había empezado no había quien la detuviera.

—¡Eso ni se pregunta! —gritó, sin dirigirse a nadie en particular, mientras los alumnos se marchaban. Estaba embalada—. Eso que tiene usted en la boca no será un chicle, ¿verdad? —increpó a un inspector escolar que pasaba por allí.

—¿Quince minutos, señorita? —preguntó Joe.

La señorita Spite consultó su viejo reloj de muñeca, una auténtica antigüedad.

—Catorce minutos y cincuenta segundos, para ser exactos.

Joe tragó saliva. ¿Podría su padre llegar al colegio en tan poco tiempo?

9

¿Quieres uno?

—¿Quieres uno? —preguntó Bob, ofreciendo un delgado Twix a su amigo.

—Gracias, amigo —dijo Joe.

Desde un rincón del patio, contemplaban el negro futuro de Joe.

—¿Qué vas a hacer?

—Ni idea. Le mandé un mensaje a mi padre, pero ni en sueños podrá llegar antes de que pasen quince minutos. ¿Qué puedo hacer?

Unas pocas ideas se le cruzaron por la mente a toda velocidad:

Podría inventar una máquina del tiempo y viajar al pasado para recordarse a sí mismo que no dejara la tarea en casa. Pero sería difícil, porque si alguien hubiera inventado una máquina del tiempo, seguramente habría vuelto al pasado para impedir que naciera la señorita Spite.

Decirle a la profesora que el trabajo «se lo había comido el tigre», y sólo estaría mintiendo a medias, puesto que tenían un zoológico particular en el que había un tigre. Se llamaba Geoff. También tenían un caimán que se llamaba Jenny.

Hacerse monja. Tendría que vivir en un convento y pasar el resto de sus días rezando, entonando cánticos religiosos y haciendo todo lo que hagan las monjas. El convento le permitiría escapar de la señorita Spite, y además el negro le favorecía mucho, pero a la larga quizá resultara un poco aburrido.

Irse a vivir a otro planeta. Venus es el más cercano, pero seguramente estaría más seguro en Neptuno.

Pasar el resto de su vida bajo tierra. Quizás incluso fundar una comunidad de hombres topo y una sociedad secreta de alumnos que no habían entregado la tarea a la señorita Spite.

Someterse a una operación de cirugía plástica para cambiar de identidad y vivir el resto de su vida haciéndose pasar por una anciana llamada Winnie.

Hacerse invisible. Aunque no estaba seguro de cómo conseguirlo.

Ir corriendo a la librería más cercana y comprar un ejemplar de *Cómo aprender a dominar la mente en diez minutos*, del profesor Stephen D. Prisa, para luego hipnotizar a la señorita Spite y convencerla de que ya le había entregado el dichoso trabajo.

Disfrazarse de espagueti a la boloñesa.

Sobornar a la enfermera del colegio para que le asegurara a la señorita Spite que estaba muerto y enterrado.

Pasarse el resto de su vida escondido entre las ramas de un arbusto. Podría sobrevivir a base de gusanos y larvas.

Pintarse de azul y hacerse pasar por un pitufo.

Joe apenas había tenido tiempo de barajar todas estas opciones cuando dos enormes siluetas familiares se acercaron por detrás, proyectando su alargada sombra sobre los dos amigos.

—Bob —dijo una de aquellas siluetas, en un tono que no era ni lo bastante agudo ni lo bastante grave para distinguir el sexo de quien hablaba.

Los chicos se dieron la vuelta bruscamente. Bob, cansado de resistir, se limitó a entregarles su barrita apenas mordisqueada de Twix.

—No te preocupes —le susurró a Joe—. He escondido un buen puñado de Smarties en mi calcetín.

—No queremos tu chocolate —dijo el Grubb número uno.

—Ah, ¿no? —preguntó Bob. Las ideas se atropellaban en su mente. ¿Sabrían lo de los Smarties escondidos?

—No, hemos venido a decirte que sentimos mucho habernos portado tan mal contigo —dijo el Grubb número dos.

—Y como muestra de buena voluntad, nos gustaría invitarte a tomar el té —sugirió el Grubb número uno.

—¿El té? —preguntó Bob, que no las tenía todas consigo.

—Sí, y luego a lo mejor podemos echar una partida al tragabolas —añadió el Grubb número dos.

Bob miró a su amigo, pero Joe se limitó a encogerse de hombros.

—Gracias, chicos... y cuando digo «chicos» quiero decir «chico y chica», por supuesto.

—Por supuesto —repitió uno de los Grubb.

—Pero el caso es que... esta noche estoy un poco ocupado —se excusó Bob.

—Bueno, quizás en otro momento —contestó uno de los Grubb, y los dos gemelos se marcharon a trompicones.

—Qué cosa más rara... —dijo Bob, sacando unos pocos Smarties que ahora sabían ligeramente a pies—. Ni loco iría yo a jugar con esos dos al tragabolas. Ni por todo el oro del mundo.

—Sí que es extraño, sí... —comentó Joe, pero enseguida apartó la mirada.

En ese momento, un rugido ensordecedor se impuso sobre el alboroto del patio. Joe miró hacia arriba. Un helicóptero planeaba sobre sus cabezas. En ese mismo instante, todos los chicos que estaban jugando futbol se dispersaron corriendo para huir del aparato, que había empezado a descender. El contenido de cientos de loncheras echó a volar por efecto de las hélices. Paquetes de gansitos, un chocolate con relleno de menta y hasta un yogur con trozos de fruta daban vueltas y más vueltas en el aire hasta que de pronto se estrellaron en el suelo cuando el motor se apagó. Las hélices siguieron rodando cada vez más despacio hasta detenerse por completo.

Entonces el señor Spud saltó del asiento de copiloto y cruzó el patio a la carrera con el trabajo en la mano.

«¡Oh, no!», pensó Joe.

Su padre llevaba puesto un peluquín de color café que sujetaba a la cabeza con ambas manos, y un overol dorado con las palabras POMPIS AIR estampadas sobre la espalda con letras centelleantes. Joe pensó que se moriría de vergüenza. Intentó esconderse detrás de uno de los chicos mayores,

pero estaba demasiado gordo para pasar inadvertido, y su padre no tardó en dar con él.

—¡Joe, Joe! ¡Por fin te encuentro! —gritó el señor Spud.

Todos los demás chicos miraban a Joe Spud. Nadie había prestado demasiada atención al gordito nuevo, y de pronto descubrían que su padre

tenía un helicóptero. ¡Un helicóptero de verdad! ¡Guau!

—Aquí tienes el trabajo, hijo. Espero llegar a tiempo. Ah, caí en la cuenta de que esta mañana no te di dinero para el almuerzo. Aquí tienes quinientas libras.

El señor Spud sacó de su cartera de piel de cebra un fajo de billetes de cincuenta libras recién impresos. Joe rechazó el dinero con un gesto mientras todos los demás chicos lo miraban, verdes de envidia.

—¿Te recojo a las cuatro, hijo? —preguntó el señor Spud.

—No, papá, gracias. Tomaré el autobús —masculló Joe sin despegar los ojos del suelo.

—¡Puedes recogerme a mí en tu helicóptero! —gritó uno de los chicos mayores.

—¡Y a mí! —exclamó otro.

—¡Y a mí!

—¡A mí!

—¡A mí!

—¡RECÓGEME A MÍ!

Pronto, todos los chicos del patio se desgañitaban y hacían aspavientos para llamar la atención del hombrecillo rechoncho con el overol dorado.

El señor Spud se echó a reír.

—A lo mejor te gustaría invitar a algunos de tus amigos a casa este fin de semana; ¡así podrán pasear todos en el helicóptero! —anunció con una sonrisa.

Un estallido de euforia recorrió el patio.

—Pero, papá… —eso era lo último que Joe quería, que todo el mundo supiera lo increíblemente lujosa que era su mansión y la cantidad de cosas estrafalarias que tenían. Miró su reloj de plástico. Le quedaban menos de treinta segundos.

—Papá, tengo prisa —dijo de pronto. Tomó el trabajo de la mano del señor Spud y entró en la escuela, corriendo tan deprisa como se lo permitían sus piernas regordetas.

Mientras subía las escaleras se cruzó con el carcamal del director, que bajaba en una silla eléctrica. El señor Dust aparentaba tener por lo menos cien años; pero seguramente tenía unos cuantos más. Hubiera desentonado menos en una vitrina del Museo de Historia Natural que al frente de una escuela, pero era bastante inofensivo.

—¡Nada de carreras! —farfulló. Hasta los profesores ancianos eran aficionados a las muletillas.

Corriendo como alma que lleva el diablo, Joe enfiló hacia el pasillo que conducía a la clase donde lo esperaba la señorita Spite, y en ese momento se dio cuenta de que lo seguía media escuela. Hasta oyó que alguien le gritaba: «¡Miren, ahí va *Trasero Reluciente*!».

Nervioso, siguió adelante e irrumpió en el aula. *La Bruja* sostenía el reloj en la mano.

—¡La tengo, señorita Spite! —anunció Joe.

—¡Llegas cinco segundos tarde! —le espetó ella.

—¡No lo dirá en serio!

Le costaba creer que alguien pudiera ser tan cruel. Echó un vistazo a sus espaldas y vio a cientos de alumnos apiñados al otro lado del cristal. Había tanta expectación por ver al chico más rico de la escuela, quizás incluso del mundo entero, que lo observaban con la nariz apachurrada contra el cristal. Aquello parecía una tribu de niños cerdo.

—¡A limpiar el patio ahora mismo! —ordenó la señorita Spite.

—Pero, señorita…

—¡Durante una semana entera!

—Señorita…

—¡Un mes entero!

Joe decidió no seguir replicando. Se fue de la clase y cerró la puerta tras de sí. En el pasillo, notó que cientos de ojillos curiosos se clavaban en él.

—¡Mira, es el ricachón! —dijo una voz grave desde atrás. Era uno de los alumnos mayores, pero Joe no logró distinguirlo. Todos los chicos del último curso tenían bigote y un Ford Fiesta. Los demás se echaron a reír.

—¡Préstame un millón de libras! —gritó uno.

Las risas eran ensordecedoras. Su eco retumbaba en el aire.

«Ahora sí que la he regado», pensó Joe.

10

Babas de perro

Joe corrió por el patio en dirección al comedor, seguido por un enjambre de chicos. Avanzaba sin despegar los ojos del suelo. No le hacía ni pizca de gracia aquella súbita popularidad. Había un griterío a su alrededor.

—¡Oye, *Millonario Limpiaculos*, yo seré tu mejor amigo!

—¡A mí me han robado la moto, cómprame una nueva!

—¿Me prestas cinco libras?

—¡Déjame ser tu guardaespaldas!

—¿Conoces a Justin Timberlake?

—Mi abuela necesita una casa nueva, regálame cien mil libras, amigo…

¿Cuántos helicópteros tienes?

¿Por qué te molestas en ir a clases siendo tan **rico**?

¿Me das un autógrafo?

¿Por qué no organizas una megafiesta en tu casa el sábado por la noche?

¿Podemos tener papel higiénico gratis para toda la vida?

¿Por qué no compras la escuela y echas a todos los profes?

¿Por qué no me compras una bolsa de Maltesers? Bueno, está bien, ¿por lo menos un Maltesers? ¡Mira que eres tacaño!

Joe echó a correr. La multitud también echó a correr tras él. Joe aminoró la marcha. La multitud también. Joe dio media vuelta y avanzó en sentido contrario. La multitud siguió sus pasos.

Una pelirroja bajita intentó agarrarlo por la mochila, pero él le apartó la mano con el puño.

—¡Ay! ¡Seguramente me has roto la mano! —gritó—. ¡Voy a demandarte! ¡Pediré diez millones de libras de indemnización!

—¡Pégame! —dijo una voz.

—¡No, a mí! ¡Pégame a mí! —dijo otra.

Un chico alto con lentes tuvo una idea mejor:

—Dame una patada en la pierna y por dos millones te firmo un acuerdo extrajudicial. ¡Por favor!

Joe entró corriendo en el comedor escolar, el único lugar en el que sabía que no habría nadie a la hora de comer. Se apoyó contra la puerta de doble hoja para impedir que una avalancha de alumnos irrumpiera tras él, en vano. Entraron todos en tropel.

—¡FÓRMENSE EN FILA Y ESPEREN SU TURNO! —ordenó a gritos la señora Trafe. Joe se acercó al mostrador de comida.

—¿Qué te apetece hoy, Joe? —preguntó la señora Trafe con una sonrisa amable—. Para abrir boca, tenemos una sopa de ortigas extrapicante.

—No tengo mucho apetito, señora Trafe… Creo que prefiero pasar directamente al segundo plato.

—De segundo plato tenemos pechuga de pollo.

—Ah. Eso suena bien.

—Sí, viene con una salsa de babas de perro. Para los vegetarianos, buñuelos de Blu-Tack.

Joe tragó saliva.

—Hummm, me cuesta mucho trabajo decidirme. Verá, es que justamente anoche comí babas de perro.

—Qué lástima. En ese caso, te pondré unos buñuelos de Blu-Tack —dijo la encargada de la cocina mientras dejaba caer una masa azul, grasienta y vomitiva en el plato de Joe.

—¡Si no van a almorzar, ya se están largando! —gritó la señora Trafe a los chicos que seguían apelotonados junto a la puerta, sin atreverse a entrar.

—El padre de Spud tiene un helicóptero, señora Trafe —dijo alguien desde atrás.

—¡Le sale el dinero por las orejas! —informó otro chico.

—¡Ha cambiado! —añadió otro.

—Rómpeme un brazo, Spud, y aceptaré doscientas cincuenta mil libras —aventuró una vocecilla desde atrás.

—¡HE DICHO «FUERA»! —gritó la señora Trafe.

Los alumnos se fueron de mala gana, resignándose a observar a Joe por las ventanas mugrientas.

Joe hincó el cuchillo en el buñuelo de color azul. De pronto, aquella papa cruda le parecía un manjar digno de los dioses. Al cabo de unos instantes, la señora Trafe se le acercó cojeando.

—¿Por qué te miran todos así? —preguntó con delicadeza mientras dejaba caer su gran cuerpo junto a Joe.

—Bueno, es una larga historia, señora Trafe.

—Puedes contármela, hijo —repuso la señora Trafe—. Trabajo en un comedor escolar; nada puede sorprenderme.

—Bueno, pues…

Joe acabó de masticar un gran tozo de Blu-Tack que tenía en la boca y le contó todo: que su padre había inventado Pompisfresh, que desde entonces vivían en una mansión impresionante, que habían tenido un orangután como mayordomo (ese detalle le dio mucha envidia) y que nadie habría sospechado nada si el estúpido de su padre no hubiera aterrizado con su estúpido helicóptero en el patio.

Mientras él hablaba, los demás chicos siguieron

mirándolo fijamente a través del cristal, como si fuera una atracción de feria.

—Lo siento mucho, Joe —dijo la señora Trafe—. Debe haber sido muy duro para ti, pobre. Bueno, pobre; lo que se dice pobre, desde luego que no, pero tú me entiendes.

—Gracias, señora Trafe —a Joe le sorprendió que alguien pudiera sentir lástima por una persona que lo tenía todo—. No es fácil. Ya no sé de quién fiarme. Ahora todos los chicos del colegio parecen querer algo de mí.

—Sí, me lo imagino —dijo la señora Trafe, sacando de su bolso un sándwich de Marks & Spencer.

—¿Se trae usted el almuerzo de fuera? —preguntó Joe, sin dar crédito a lo que veían sus ojos.

—Claro. Ni loca me comería esta bazofia. Es asquerosa —dijo. La señora Trafe deslizó una mano por encima de la mesa y la posó sobre la de Joe.

—Bueno, gracias por escucharme, señora Trafe.

—Ha sido un placer, Joe. Aquí me tienes siempre que lo necesites. Ya lo sabes, siempre que lo necesites —dijo con una sonrisa, a la que Joe correspondió—. Por cierto... —añadió la cocinera—, no me vendrían mal diez mil libras para una prótesis de cadera...

11

De campamento

—Ahí has dejado algo —dijo Bob.

Joe se agachó y recogió otro desperdicio del suelo del patio, que luego dejó caer en la bolsa de basura que la señorita Spite había tenido la amabilidad de darle. Eran las cinco de la tarde y no quedaba un solo niño en el patio; lo que sí quedaba era toda la basura que habían dejado a su paso.

—Creía que ibas a ayudarme —protestó Joe.

—¡Y te estoy ayudando! Mira, ahí hay algo más.

Mientras se comía una bolsa de papas fritas, Bob señaló una envoltura de plástico que había quedado tirada en el hormigón. Era de un Twix.

Seguramente el mismo que Bob había tirado al suelo poco antes.

—Bueno, supongo que a estas alturas todo el mundo sabe lo rico que eres —dijo Bob—. Lo siento.

—Sí, eso creo.

—Y supongo que ahora todos los chicos del colegio querrán ser amigos tuyos… —susurró Bob. Cuando Joe lo miró, Bob apartó los ojos.

—Quizá —dijo Joe con una sonrisa—. Pero para mí es más importante que tú y yo fuéramos amigos antes de que todos lo supieran.

Bob sonrió de oreja a oreja.

—Me alegro —dijo. Luego señaló el suelo—. Ahí has dejado algo, Joe.

—Gracias, Bob —repuso Joe con un suspiro mientras volvía a agacharse, esa vez para recoger la bolsa de papas fritas que su amigo acababa de tirar.

—¡Oh, no! —dijo Bob.

—¿Qué pasa?

—¡Los Grubb!

—¿Dónde?

—Allí, en el estacionamiento de bicicletas. ¿Qué querrán?

Los gemelos estaban agazapados detrás del cobertizo donde se estacionaban las bicicletas. Cuando vieron a Joe y a Bob, los saludaron con la mano.

—No sé qué es peor —añadió Bob—: que me traigan de encargo o que se empeñen en invitarme a tomar el té.

—¡HOLA, BOB! —gritó uno de los Grubb mientras ambos echaban a andar hacia ellos con la poca gracia que los caracterizaba.

—Hola, chicos —respondió Bob con un suspiro de resignación.

Inevitablemente, los dos abusones llegaron hasta donde estaban Joe y Bob.

—Hemos estado pensando —continuó el otro—. Este fin de semana nos vamos de campamento. ¿Les gustaría venir?

Bob miró a Joe en busca de auxilio. Un campamento con los gemelos no era lo que se dice una propuesta tentadora.

—Vaya, qué lástima... —dijo Bob—. Este fin de semana ya tengo un compromiso.

—¿Y el que viene? —sugirió el Grubb número uno.

—Ése también lo tengo ocupado.

—Pues el siguiente —añadió el otro hermano.

—Imposible... —farfulló Bob—, tengo la agenda repleta. Qué lástima, porque seguro que la pasaríamos muy bien. Bueno, nos vemos mañana. Lo siento, me encantaría quedarme a platicar, pero tengo que ayudar a Joe a limpiar el patio. ¡Hasta luego!

—¿Y algún fin de semana del año que viene...? —preguntó el primer Grubb.

Bob se detuvo en seco.

—Hummm... este... pues... resulta que el año que viene lo tengo a tope. De verdad que me encantaría, se lo digo en serio, y no saben cuánto lo siento…

—¿Y el año que viene, el otro? —insistió el Grubb número dos—. ¿Algún fin de semana libre? Tenemos una tienda muy bonita.

Bob no podía seguir fingiendo.

—Escuchen, llevan años amargándome la vida, y de golpe y porrazo me invitan a ir con ustedes de campamento, ¿qué demonios pasa aquí?

Los Grubb voltearon hacia Joe como pidiendo ayuda.

—¿Joe? —dijo uno de ellos.

—Creíamos que resultaría fácil ser amables con *el Bola* —dijo el otro—. Pero siempre nos dice que no a todo. ¿Qué quieres que hagamos, Joe?

Joe carraspeó de un modo poco sutil, con la esperanza de que los Grubb captaran la indirecta, pero ni así.

—Les has pagado para que dejen de meterse conmigo, ¿verdad? —preguntó Bob.

—No —replicó Joe, sin demasiada convicción.

Bob se volvió hacia los Grubb.

—¿Lo ha hecho? —preguntó.

—Nosí… —respondieron los Grubb al unísono—. O sea, síno.

—¿Cuánto les ha pagado?

Los Grubb miraron a Joe, pero era demasiado tarde. Se habían delatado los tres.

—Diez libras a cada uno —contestó uno de los Grubb—. Y hemos visto el helicóptero, Spud. No somos imbéciles. Queremos más dinero.

—¡Eso es! —continuó el otro—. Y te vamos a meter en el contenedor, Joe, a menos que nos des once libras a cada uno. Mañana a primera hora.

Los Grubb se alejaron a grandes zancadas.

Bob estaba a punto de llorar de pura rabia.

—Crees que el dinero lo arregla todo, ¿verdad?

Joe estaba confundido. Había comprado a los Grubb para echar una mano a Bob. No acababa de comprender por qué se enfadaba tanto su amigo.

—Bob, sólo intentaba ayudarte, no quería…

—No necesito tu lástima, ¿sabes?

—Lo sé, es sólo que…

—¿Qué?

—Es sólo que no quería ver cómo te metían otra vez en el contenedor.

—Bien —replicó Bob—, y pensaste que todo se arreglaría si los Grubb empezaban a hacer cosas raras, a portarse bien conmigo y a invitarme a ir con ellos de campamento.

—Bueno, lo del campamento ha sido idea suya, pero... sí.

Bob negó con la cabeza.

—No lo puedo creer. Eres... eres... ¡un niño inmaduro y consentido!

—¡¿Qué?! —exclamó Joe—. ¡Sólo trataba de ayudarte! ¿De verdad preferirías que te metieran en el contenedor de la basura y te robaran los chocolates?

—¡Sí! —gritó Bob—. ¡Sí, lo preferiría! ¡Sé defenderme solo, muchas gracias!

—¡Pues allá tú! —replicó Joe—. ¡Que te diviertas la próxima vez que te tiren al contenedor!

—¡Lo haré! —le aseguró Bob antes de marcharse, furioso.

—¡Tonto! —le gritó Joe, pero Bob no se molestó en voltear.

Joe se quedó solo, rodeado por un mar de desperdicios. Clavó el palo de recoger basura en la envoltura de un chocolate Mars. No entendía la reacción de Bob. Creía haber encontrado un amigo, pero ahora estaba convencido de que en realidad era un egoísta, un quisquilloso, un malagradecido y un… un… ¡cobarde!

12

La chica de la página tres

—¡Y aun así *la Bruja* me obligó a limpiar todo el patio! —concluyó Joe. Estaba sentado en un extremo de la reluciente mesa con capacidad para mil comensales, esperando que les sirvieran la cena a su padre y a él. Gigantescas lámparas de araña colgaban del techo, y en las paredes había cuadros no demasiado bonitos pero que habían costado millones.

—¿Aun sabiendo que yo te había llevado la tarea en helicóptero? —preguntó el señor Spud, enfadado.

—¡Pues sí, para que veas qué injusticia! —replicó Joe.

—¡No he inventado un papel higiénico de doble cara para que pongan a mi hijo a limpiar el patio!

—Lo sé —dijo Joe—. ¡Pero la señorita Spite es más mala que la peste!

—¡Mañana me plantaré en la escuela con el helicóptero y le diré a esa profesora tuya lo que opino de ella!

—¡No, papá, por favor! ¡Bastante vergüenza he pasado cuando te presentaste hoy!

—Lo siento, hijo —dijo el señor Spud. Parecía un poco dolido, lo que hizo que Joe se sintiera culpable—. Sólo intentaba ayudarte.

Joe soltó un suspiro.

—Está bien. Pero, por favor, no vuelvas a hacerlo, papá. Odio que todo el mundo sepa que mi padre es el dueño de Pompisfresh.

—¡Bueno, no puedo evitarlo, muchacho! A eso le debo mi fortuna. Gracias a eso vivimos en esta mansión.

—Sí... Lo sé —dijo Joe—. Pero hazme el favor de no volver a presentarte en tu helicóptero ni nada por el estilo, ¿de acuerdo?

—De acuerdo —contestó el señor Spud—. Y bien, dime, ¿qué tal te va con ese amigo tuyo?

—¿Bob? Ya no es amigo mío —dijo Joe, abatido.

—¿Qué ha pasado? —preguntó el señor Spud—. Creía que eran almas gemelas...

—Se me ocurrió comprar a un par de abusones para echarle una mano —confesó Joe—. Se pasaban la vida metiéndose con él, así que les pagué para que lo dejaran en paz.

—Sí, ¿y?

—Pues Bob se ha enterado. Y, no lo vas a creer, se ha puesto hecho una furia. ¡Me ha llamado «niño inmaduro y consentido»!

—¿Por qué?

—¿Cómo voy a saberlo? Me dijo que hubiera preferido que lo acosaran a que yo lo ayudara.

El señor Spud negaba con la cabeza, como si le costara trabajo creerlo.

—A mí ese tal Bob me parece un poco tonto. Verás, cuando uno tiene mucho dinero, como nosotros, se encuentra a menudo con gente de lo más malagradecida. Creo que te vendrá bien perderlo de vista. Me parece que no comprende la importancia del dinero. Si quiere ser un desgraciado, allá él.

—Pues sí —asintió Joe.

—No tardarás en hacer otros amigos en el colegio, hijo —le aseguró el señor Spud—. Eres rico. A la gente le gusta eso. O por lo menos a los que tienen dos dedos de frente. No como ese bobalicón de Bob.

—De eso no estoy tan seguro —dijo Joe—. No ahora, que todo el mundo sabe quién soy.

El mayordomo, con su uniforme inmaculado, entró en el comedor por la inmensa puerta de madera de roble y carraspeó un poco para llamar la atención del amo.

—La señorita Sapphire Stone, caballeros.

El señor Spud se puso rápidamente el peluquín pelirrojo mientras Sapphire, la despampanante chica de la página tres, entraba en la sala haciendo resonar sus altísimos tacones de aguja.

—Siento llegar tarde, vengo del solarium —se disculpó.

Saltaba a la vista. Sapphire lucía un falso bronceado que le cubría cada milímetro de piel. Más que morena, se había puesto de un sospechoso color naranja. Tan naranja como una naranja, si no más. Piensen en la persona más naranjosa que hayan visto en su vida, y luego multiplíquenlo por diez. Como si eso no bastara para echar a correr nada más de verla, se había puesto un minivestido verde lechuga y llevaba en la mano un bolso color fucsia.

—¿Qué hace ésta aquí? —preguntó Joe.

—¡Sé más amable! —susurró su padre.

—Bonita choza —dijo Sapphire, echando un vistazo a su alrededor, embelesada ante los cuadros y las lámparas de araña.

—Gracias. Es sólo una de mis diecisiete casas. Mayordomo, por favor, dile al chef que ya puede servir la cena. ¿Qué tenemos hoy?

—*Foie-gras*, señor —contestó el mayordomo.

—¿Qué es eso? —preguntó el señor Spud.

—El hígado de una oca especialmente cebada para la ocasión, señor.

Sapphire hizo una mueca de asco.

—Yo quiero una bolsa de papas fritas.

—¡Yo también! —dijo Joe.

—¡Y yo! —se sumó el señor Spud.

—En tal caso, serán tres bolsas de papas fritas… —dijo el mayordomo con cierto retintín.

—¡Qué guapa estás esta noche, reina de mi corazón! —dijo el señor Spud mientras se acercaba a Sapphire para darle un beso.

—¡Ni lo sueñes, que se me corre el lápiz labial! —protestó Sapphire, apartándolo enérgicamente con la mano.

Era evidente que el señor Spud estaba un poco dolido, pero trató de disimularlo.

—Por favor, siéntate. Veo que llevas el nuevo bolso de Dior que te mandé.

—Sí, pero este bolso viene en ocho colores —se quejó—, uno para cada día de la semana. Creía que me los comprarías todos.

—Y lo haré, pichoncito mío… —farfulló el señor Spud.

Joe volteó hacia su padre con los ojos como platos. No podía creer que se hubiera enamorado de semejante abusiva.

—La cena está lista —anunció el mayordomo.

—Ven, tortolita mía, siéntate aquí —dijo el señor Spud mientras el mayordomo apartaba una silla para Sapphire.

Tres camareros entraron en el comedor con otras tantas bandejas plateadas que depositaron en la mesa con cuidado. A una señal del mayordomo, los camareros levantaron las campanas plateadas que cubrían las bandejas, descubriendo tres bolsas de papas fritas con sabor a vinagreta. Los tres empezaron a comer. Al principio, el señor Spud intentó hacerlo con cuchillo y tenedor para dárselas de fino, pero no tardó en desistir del empeño.

—Sólo faltan once meses para mi cumpleaños —anunció Sapphire—, así que he hecho una pequeña lista de regalos que me gustaría recibir...

Sus uñas eran tan largas y falsas que le costó horrores sacar el papelito del bolso color fucsia. Parecía una de esas máquinas atrapagolosinas de la feria de atracciones de las que nadie logra sacar nada. Al cabo de un rato, consiguió rescatar el papelito y se lo dio al señor Spud. Con disimulo, Joe leyó lo que Sapphire había garabateado en él.

Lista de regalos de cumpleaños de Sapphire

Un Rolls Royce convertible de oro macizo

Un millón de libras en dinero contante y sonante

Quinientos pares de lentes de sol de Versace

Una ~~casa~~ mansión de veraneo en Marbella

Una botella llena de diamantes

Un unicornio

Una caja (grande) de bombones Ferrero Rocher

Un yate enorme, inmenso, estratosférico, extraordinario

Una gran pecera con peces de olores*

El DVD de la película *Un chihuahua en Beverly Hills*

---

* Sospecho que se refería a «peces de colores», porque los peces no acostumbran oler muy bien, que digamos.

Quinientos frascos de perfume Chanel

Otro millón de libras en dinero contante

  y sonante

Unos pocos lingotes de oro

Una suscripción de por vida a las mejores

  revistas del corazón

Un jet privado (y que sea nuevo, nada

  de comprarlo de segunda mano)

Un perro que sepa hablar

Cosas caras en general

Cien vestidos de marca (me da igual

  la marca, mientras sean caros; los que

  no me gusten ya se encargará mi madre

  de revenderlos en el mercado)

Una taza de leche semidescremada

Bélgica

—Por supuesto que te daré todas estas cosas, angelito mío —le aseguró el señor Spud, babeando.

—Gracias, Ken —dijo Sapphire con la boca llena de papas fritas.

—Me llamo Len —corrigió el señor Spud.

—¡Ay, es verdad, lo siento! ¡Len! ¡Qué tonta soy! —dijo.

—¡No lo dirás en serio! —exclamó Joe—. No irás a comprarle todas esas cosas, ¿verdad?

El señor Spud se volvió hacia Joe con cara de pocos amigos.

—¿Por qué no iba a hacerlo, hijo? —preguntó, tratando de controlar su enfado.

—Eso, ¿por qué no, estúpido mequetrefe? —insistió Sapphire, sin hacer el menor esfuerzo por controlar el suyo.

Joe dudó un momento.

—Porque es evidente que sólo estás con mi padre por su dinero.

—¡No hables así de tu madre! —gritó el señor Spud.

Los ojos de Joe casi se le salen de las órbitas.

—¡No es mi madre, es la imbécil de tu novia y sólo tiene siete años más que yo!

—¿Cómo te atreves? —bramó el señor Spud—. Discúlpate.

Joe no despegó los labios, desafiante.

—¡Te he dicho que te disculpes ahora mismo! —gritó el señor Spud.

—¡No! —gritó Joe.

—¡Vete a tus habitaciones!

Joe apartó la silla de la mesa haciendo tanto ruido como podía y subió las escaleras dando pisotones mientras el servicio fingía no ver nada.

Se sentó en el borde de la cama y se rodeó la espalda con los brazos. Hacía mucho, muchísimo tiempo que nadie le daba un abrazo, así que se abrazaba a sí mismo. Se estrujo sus propias llantitas de grasa entre sollozos. Empezaba a desear que su padre nunca hubiera inventado Pompisfresh y que aún vivieran en aquel departamento de interés social con su madre. Al cabo de un rato, alguien llamó a la puerta. Joe no se molestó en contestar.

—Soy yo, tu padre.

—¡Vete! —gritó Joe.

El señor Spud abrió la puerta y se sentó en la cama junto a su hijo. Nada más apoyarse en el cubrecama estuvo a un tris de resbalar y caer al suelo. Las sábanas de seda quedan muy bonitas puestas, pero no son demasiado prácticas, que digamos.

El señor Spud salticuló hasta acercarse a su hijo.

—No me gusta ver así a mi pequeño Spud. Sé que Sapphire no te cae bien, pero a mí me hace feliz. ¿Lo entiendes?

—La verdad es que no —contestó Joe.

—Y sé que hoy ha sido un día difícil en el colegio. Con lo de esa profesora, *la Bruja*, y luego lo de ese chico malagradecido, Bob. Lo siento. Sé cuánto deseabas tener un amigo, y también sé que no te la he puesto fácil. Iré a hablar discretamente con el director. Intentaré arreglar las cosas, si puedo.

—Gracias, papá —dijo Joe, sorbiéndose la nariz—. Siento haber llorado —dudó unos instantes—. Pero te quiero, papá.

—Lo mismo digo, hijo. Lo mismo digo —contestó el señor Spud.

13

La chica nueva

Las vacaciones pasaron volando, y cuando Joe volvió a clase, un lunes por la mañana, descubrió que ya no era el centro de atención. Había una chica nueva en la escuela, y era taaaaaaaan condenadamente guapa que no se hablaba de otra cosa. Cuando Joe entró en clase, allí estaba, como un enorme e inesperado regalo.

—¿Qué toca hoy a primera hora? —le preguntó mientras cruzaban el patio de recreo.

—¿Perdona? —farfulló Joe.

—Te he preguntado qué materia tenemos hoy a primera hora —repitió la chica nueva.

—Lo sé, es sólo que... ¿De verdad me estás hablando a mí?

Joe no lo podía creer.

—Sí, te estoy hablando a ti —contestó, riéndose—. Me llamo Lauren.

—Lo sé.

Joe no sabía muy bien si el hecho de recordar su nombre le hacía parecer un chico de lo más estupendo o de lo más simple.

—¿Cómo te llamas? —preguntó Lauren.

Joe sonrió. Por fin había alguien en la escuela que no sabía nada sobre él.

—Me llamo Joe —contestó él.

—¿Joe qué más? —preguntó Lauren.

Joe no quería decirle que era el heredero del imperio Pompisfresh.

—Hum... Joe Patata.

—¿Joe Patata? —repitió ella, algo más que sorprendida.

—Sí, eso es… —farfulló Joe. Se había sentido tan abrumado por la belleza de Lauren que no se le había ocurrido nada mejor.

—No es un apellido demasiado común —comentó Lauren.

—No, supongo que no. En realidad se escribe con una hache final: Patatah, así que no es exactamente como el tubérculo. ¡Eso sería ridículo, ja, ja!

Lauren también soltó una carcajada, pero miraba a Joe de un modo extraño. «Oh, no —pensó Joe—. Acabo de conocerla y ya cree que soy un bicho raro.» Intentó cambiar de tema rápidamente:

—Ahora toca clase de matemáticas, con el señor Crunch.

—Bien.

—Y luego historia, con la señorita Spite.

—Odio la clase de historia, es un aburrimiento.

—Pues con la señorita Spite la odiarás todavía más. Es una buena profesora, supongo, pero todos la detestamos. ¡La llamamos *la Bruja*!

—¡Qué gracioso! —dijo Lauren con una risita.

Joe estaba a punto de estallar de alegría.

Entonces apareció Bob.

—Hummm… Hola, Joe.

—Ah, hola, Bob —contestó Joe.

Los dos ex amigos no se habían visto durante las vacaciones. Joe había pasado las suyas solo, dando vueltas en su circuito de Fórmula Uno con un nuevo coche que su padre le había comprado. Y Bob había pasado la mayor parte de la semana en un contenedor de basura. Allá donde fuera los

Grubb siempre daban con él, agarrándolo por los tobillos y dejándolo caer en el contenedor más cercano. Bueno, eso era lo que Bob había dicho que quería...

Joe había echado de menos a Bob, pero no llegaba en el mejor momento. Estaba hablando con la chica más guapa de toda la escuela, ¡quizás incluso de toda la ciudad!

—Ya sé que llevamos bastante tiempo sin vernos, pero... bueno... he pensado en lo que hablamos mientras limpiabas el patio... —vaciló Bob.

—¿Y qué?

Bob parecía un poco sorprendido por el tono impaciente de Joe, pero siguió adelante:

—Bueno, siento que nos enfadáramos, y me gustaría que volviéramos a ser amigos. Podrías volver a sentarte conmigo...

—¿Te importa que hablemos de eso más tarde? —interrumpió Joe—. Ahora estoy muy ocupado.

—Pero… —empezó Bob. Parecía dolido.

Joe fingió no darse cuenta.

—Ya nos veremos —dijo.

Bob se alejó a grandes pasos.

—¿Quién era ése? ¿Un amigo tuyo? —preguntó Lauren.

—No, qué va, no es amigo mío —replicó Joe—. Se llama Bob, pero como está tan gordo todo el mundo lo llama *el Bola*.

Lauren volvió a reírse. Joe sintió un nudo en el estómago, pero estaba tan contento por hacer reír a la chica nueva, tan guapa, que no quiso detenerse a pensar en eso.

Lauren no le quitó el ojo a Joe en toda la clase de matemáticas, lo que le impidió concentrarse en los problemas de álgebra. En clase de historia tampoco dejó de mirar en su dirección. Mientras la señorita Spite les soltaba un rollo mareador sobre la historia de Rusia, Joe empezó a fantasear con besarla. Era tan increíblemente guapa que quería besarla más que ninguna otra cosa en el mundo. Sin embargo, a sus doce años, Joe nunca había besado a una chica y tampoco tenía idea de cómo hacer que ocurriera.

—¿Y cómo se llamaba el monarca que modernizó Rusia y la convirtió en una gran potencia europea a finales del siglo XVII...? ¿Spud?

—¿Sí, señorita? —Joe se quedó mirando a la profesora, horrorizado. No había escuchado una sola palabra de lo que había dicho.

—Te he hecho una pregunta, jovencito. No estabas prestando atención, ¿verdad que no? ¿Quieres aprobar?

—Sí, señorita. La estaba escuchando... —farfulló Joe.

—¿Y cuál es la respuesta? —preguntó la señorita Spite—. ¿Cómo se llamaba el monarca que modernizó Rusia y la convirtió en una gran potencia europea?

Joe no tenía ni idea. Estaba bastante seguro de que no era el rey Kevin II, ni Ethan IV, ni Jennifer la Grande, porque los monarcas no suelen tener nombres de ésos.

—Estoy esperando —le advirtió la señorita Spite. Justo entonces sonó el timbre.

«¡Salvado!», pensó Joe.

—¡Que suene el timbre no significa que la clase se haya acabado! —sentenció la señorita Spite. No podía evitarlo. Vivía para pronunciar aquellas frases. Seguramente las pondrían en su lápida el día que se muriera.

Lauren estaba sentada detrás de la señorita Spite, y de repente empezó a mover las manos para llamar la atención de Joe. En un primer momento, él no comprendió qué estaba haciendo, pero entonces se dio cuenta de que trataba de soplarle la respuesta mediante señas. Lo primero que hizo fue levantar el trasero de la silla y poner cara de esfuerzo.

—Se llamaba... Se llamaba... ¿rey Retrete...?
—aventuró Joe.

Toda la clase rompió a reír al unísono. Lauren
negó con la cabeza y levantó el dedo índice mientras seguía en aquella pose tan rara. Joe lo intentó
de nuevo:

—Se llamaba... ¿El rey Estreñido...?

Esa vez las carcajadas resonaron con más fuerza todavía.

—Rey... ¿Pedo...? ¡¡¡Ah, Pedro!!! ¡Se llamaba
Pedro I!

—Pedro I... ¿qué más? —la señorita Spite seguía con su interrogatorio.

A su espalda, Lauren hizo un nuevo gesto.

—Pedro I el Gordo... Pedro I el Ancho...
¡¡¡Pedro I el Grande!!! —soltó al fin.

Lauren le dedicó un aplauso silencioso.

—Eso es, Spud —dijo la señorita Spite con aire
desconfiado. Luego volteó hacia la pizarra y lo es-

cribió al tiempo que leía en voz alta —: Zar Pedro I el Grande.

Mientras salían al patio soleado, Joe volteó hacia Lauren.

—Oye, acabas de salvarme la vida.

—No ha sido nada. Me caes bien —contestó la chica con una sonrisa.

—¿Lo dices en serio? —preguntó Joe.

—¡Pues claro!

—En ese caso, me pregunto si... —titubeó Joe—. Si... bueno...

—Si, bueno, ¿qué...?

—Si te gustaría... Bueno, ya sé que seguramente no te gustará, o que directamente te repatea la idea, porque a ver... ¿cómo iba a gustarte? Tú eres muy guapa y yo soy un chico torpe, pero... —las palabras brotaban de su boca sin ton ni son, y Joe se estaba poniendo rojo como un tomate de pura vergüenza—. Bueno, si tú quisieras...

Lauren decidió acabar la frase por él:

—¿Si me gustaría ir a dar un paseo contigo después de clase y luego tal vez ir a comer un helado, quieres decir? Sí, me encantaría.

—¿De verdad?

Joe no lo podía creer.

—Sí, de verdad.

—¿Conmigo?

—Sí, contigo, Joe Patatah.

Joe se sentía cien veces más feliz de lo que nunca había estado en toda su vida. Ni siquiera le importaba que Lauren pensara que se apellidaba Patatah.

14

El casi beso

—¡Eh, tronco!

Hasta entonces, todo había salido a la perfección. Joe y Lauren se habían sentado en un banco del parque a comer los helados que habían comprado en el quiosco de Raj. Éste se había dado cuenta de que Joe quería impresionar a la chica y no se le había ocurrido otra manera de ayudarlo que montando uno de sus numeritos: le rebajó un penique el precio de los helados e invitó a Lauren a hojear una revista del corazón totalmente gratis.

Pero finalmente habían logrado escabullirse del quiosco y habían buscado un rincón tranquilo del parque donde llevaban un buen rato platicando mientras la grasa roja de los helados derretidos les chorreaba entre los dedos. Hablaron de todo excepto de la familia de Joe. No quería mentir a Lauren. Aunque apenas se conocían, ya le gustaba demasiado para hacerle algo así. Por eso, cuando ella le preguntó a qué se dedicaban sus padres, Joe se limitó a decir que su padre trabajaba en la «gestión de desechos humanos» y, por sorprendente que parezca, Lauren no trató de sacarle más información. Por encima de todo, Joe no quería que Lauren se enterara de lo asquerosamente rico que era. Después de haber visto cómo Sapphire se aprovechaba de su padre de un modo tan descarado, tenía muy claro que el dinero podía echarlo a perder todo.

La cita iba sobre ruedas… hasta que aquel «¡Eh, tronco!» cayó sobre Joe como un balde de agua fría.

Los hermanos Grubb llevaban un buen rato merodeando cerca de los columpios, pidiendo a gritos que alguien los echara de allí. Por desgracia para Joe, la policía, el vigilante del parque y el párroco tenían otras cosas que hacer en ese momento. Así que, cuando uno de ellos reconoció a Joe, se acercaron los dos dando brincos, sonrientes, sin duda con la esperanza de aliviar su propio aburrimiento amargándole la vida a otra persona.

—¡Eh, tronco! ¡Danos algo de dinero o te metemos en el contenedor!

—¿Con quién hablan? —preguntó Lauren en susurros.

—Conmigo —respondió Joe de mala gana.

—¡El dinero! —dijo uno de los Grubb—. ¡Ahora mismo!

Joe metió la mano en el bolsillo. Quizá si les diera un billete de veinte libras a cada uno lo dejarían en paz, al menos durante lo que quedaba del día.

—¿Qué haces, Joe? —preguntó Lauren.

—He pensado que... —farfulló el chico.

—¿Y a ti qué te importa, enana? —intervino el Grubb número uno.

Joe clavó los ojos en el suelo, pero Lauren le dio el resto del helado y se levantó de la banca. Los Grubb se removieron, inquietos. No esperaban que una chica de trece años los enfrentara.

—¡Que te sientes! —ordenó el Grubb número dos y puso una mano en el hombro de Lauren para obligarla a sentarse en la banca.

Pero, ni corta ni perezosa, la chica le agarró la mano, se la retorció por detrás de la espalda y luego lo (o la) tiró al suelo de un empujón. El otro (u otra) Grubb se abalanzó sobre ella, así que Lauren dio un salto en el aire y lo (o la) tumbó de una patada al más puro estilo kung-fu. Luego el primer (o la primera) Grubb se levantó de un brinco e intentó agarrarla, pero Lauren le asestó un golpe de

karate en el hombro y él (o ella) se largó corriendo
y gritando de dolor.

No se imaginan lo difícil que es describir algo así
cuando no sabes el género de uno de los personajes.

Joe pensó que ya iba siendo hora de que hiciera
algo, así que se puso de pie, aunque le temblaban

las piernas de puro miedo, y se acercó al Grubb que quedaba. Sólo entonces se dio cuenta de que seguía sosteniendo los helados medio derretidos. El gemelo solitario lo enfrentó unos instantes, pero en cuanto Lauren apareció detrás de Joe, echó a correr como un perro con la cola entre las patas.

—¿Dónde has aprendido a defenderte así? —preguntó Joe, sin salir de su asombro.

—Ah, he ido a unas pocas clases sueltas de artes marciales —contestó Lauren, pero no sonaba demasiado convincente.

Joe se dijo que había encontrado a la chica de sus sueños. ¡No sólo podría ser su novia, sino también su guardaespaldas!

La pareja dio un paseo por el parque. Joe lo había cruzado muchas veces, pero ese día le pareció más bonito que nunca. Mientras la luz del sol bailoteaba entre las hojas de los árboles aquella tarde de otoño, por unos instantes todo en su vida pareció encajar.

—Será mejor que me vaya a casa —dijo Lauren cuando se acercaban a la verja.

Joe intentó disimular su decepción. Habría seguido caminando por el parque con Lauren para siempre.

—¿Dejarás que te invite el almuerzo mañana? —preguntó.

Lauren sonrió.

—No hace falta que me lo invites. Me encantaría comer contigo, pero yo pago mi almuerzo, ¿de acuerdo?

—Bueno, si te empeñas... —replicó Joe. Guau. Aquella chica era demasiado buena para ser verdad.

—¿Qué tal es el comedor del colegio? —preguntó Lauren.

Joe se quedó sin palabras, lo que no era de extrañar.

—Hummm, bueno... es... es fantástico si estás llevando una dieta muy estricta.

—¡Me encanta la comida sana! —exclamó Lauren.

Joe no se refería exactamente a eso, pero el comedor era el mejor lugar del colegio para una cita, porque la tranquilidad estaba asegurada.

—Hasta mañana, entonces —se despidió él. Cerró los ojos y frunció los labios como para dar un beso. Y esperó.

—Hasta mañana, Joe —dijo Lauren antes de alejarse dando saltitos por el sendero.

Joe abrió los ojos y sonrió. ¡No lo podía creer! ¡Había estado a punto de besar a una chica!

15

Cortar y pegar

Había algo muy extraño en el aspecto de la señora Trafe. Era la misma de siempre, pero estaba distinta. Mientras Joe y Lauren se acercaban al mostrador de la comida, él se dio cuenta de lo que había cambiado.

La piel que antes le colgaba de la cara se había estirado.

La nariz era más pequeña.

Los dientes se veían rectos y blanquísimos.

Los surcos de la frente se habían borrado.

Las bolsas debajo de los ojos habían desaparecido.

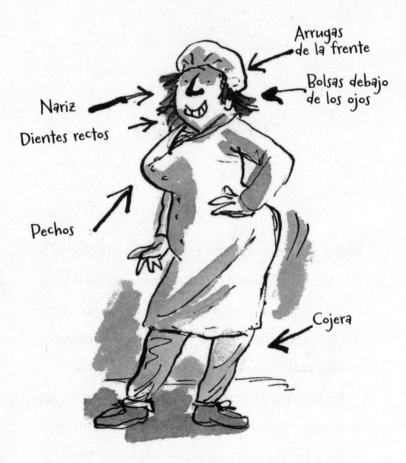

Arrugas
de la frente

Bolsas debajo
de los ojos

Nariz

Dientes rectos

Pechos

Cojera

Las arrugas se habían desvanecido.

Sus pechos eran mucho, pero mucho más grandes.

Eso sí, seguía cojeando.

—Señora Trafe, está usted realmente… distinta —dijo Joe, sin poder apartar los ojos de ella.

—¿Tú crees? —replicó la vieja cocinera, haciéndose la desentendida—. Bueno, ¿qué van a querer, tortolitos? ¿Murciélago asado con guarnición? ¿Suflé de jabón? ¿Pizza de queso y poliestireno?

—Me cuesta decidirme… —titubeó Lauren.

—Eres nueva, ¿verdad, bonita? —preguntó la señora Trafe.

—Sí, justo ayer fue mi primer día de clase —contestó Lauren, estudiando los platos e intentando decidir cuál tenía una pinta menos repugnante.

—¿Ayer? Qué raro. Estoy segura de haberte visto antes —dijo la cocinera, escrutando el rostro perfecto de Lauren—. Tu cara me resulta muy familiar.

Joe intervino:

—¿Ya se ha hecho la operación de cadera, señora Trafe? —preguntó, cada vez más desconfiado—. Ya sabe, esa para la que le di dinero hace un par de semanas —añadió en susurros para que Lauren no se enterara.

La señora Trafe empezó a farfullar, nerviosa:

—Hummm, bueno… No, todavía no, querido… ¿Qué tal si te pongo una buena porción de mi sabrosísimo flan de calzoncillos?

—Se ha gastado el dinero en una cirugía plástica, ¿verdad? —preguntó Joe entre dientes.

Una perla de sudor se deslizó por la cara de la señora Trafe y cayó en su crema de moco de tejón.

—Lo siento, Joe, pero es que… Bueno, siempre había querido hacerme algunos retoques… —se disculpó la mujer.

Joe estaba tan furioso que tenía que salir de allí cuanto antes.

—¡Lauren, nos marchamos! —anunció, y se fue del comedor a grandes zancadas, seguido por su amiga.

La señora Trafe salió cojeando tras ellos.

—¡Si pudieras prestarme otras cinco mil libras, Joe, te prometo que me operaré! —suplicó a gritos.

Cuando por fin Lauren alcanzó a Joe, lo encontró sentado a solas en un rincón del patio. Le puso la mano suavemente en la cabeza para consolarlo.

—¿A qué venía eso de que le prestaras cinco mil libras?

Joe miró a Lauren. No le quedaba más remedio que contarle todo.

—Mi padre es Len Spud —dijo, desconsolado—. El multimillonario de Pompisfresh. Y mi apellido no es Patatah, sólo lo dije para que no supieras quién soy. La verdad es que somos inmensamente ricos, pero cuando la gente se entera de que lo somos... todo se estropea.

—¿Sabes qué?, ya me lo habían dicho esta mañana —confesó Lauren.

La tristeza de Joe se desvaneció por momentos. Se recordó a sí mismo que Lauren había ido a tomar un helado con él la víspera, cuando creía que era simplemente Joe. Tal vez el dinero no lo estropeara todo esa vez.

—¿Por qué no me lo habías dicho? —preguntó él.

—Porque no importa. Todo eso da igual. Me gustas y punto —dijo.

Joe se sintió tan feliz que le entraron ganas de llorar. Es curioso, pero a veces puedes llegar a sentir una alegría tan grande que va y se convierte en tristeza.

—Tú también me gustas mucho.

Joe se arrimó a Lauren. ¡Había llegado el momento de besarse! Cerró los ojos y frunció los labios.

—¡Aquí en el patio no, Joe! —exclamó Lauren, y lo empujó entre risas.

Joe se sintió como un tonto por haberlo intentado siquiera.

—Lo siento —dijo, y cambió de tema rápidamente—. Sólo intentaba ser amable con esa vieja bruja, ¡y va y se pone unos melones nuevos a mis costillas!

—Pues sí, es increíble.

—No es por el dinero, eso da igual…

—No, es porque ha abusado de tu generosidad —completó Lauren.

Joe la miró a los ojos.

—¡Exacto!

—Vamos, ven —dijo Lauren—. Creo que lo que necesitas son unas buenas papas fritas. Yo invito.

La freiduría más cercana estaba a rebosar de chicos de la escuela. Iba contra las normas abandonar el recinto escolar durante la hora del almuerzo, pero la comida que se servía en el comedor era tan intragable que no quedaban muchas más opciones. Los Grubb eran los primeros de la fila, pero salieron por piernas en cuanto vieron a Lauren, dejando sus salchichas rebozadas en el mostrador sin haberlas probado siquiera.

Lauren y Joe comieron las papas fritas en la acera, fuera de la escuela. Joe no recordaba la última vez que había disfrutado de un placer tan sencillo. Debía ser muy, muy pequeño. Antes de que Pompisfresh empezara a dar millones y a cambiar todo. Engulló las papas y vio que Lauren apenas había tocado las suyas. Seguía teniendo hambre, pero no estaba seguro de que hubiera suficiente confianza entre ambos para echar mano de su comida así, por las buenas. Normalmente eso sólo ocurría después de varios años de matrimonio, y ellos ni siquiera estaban comprometidos.

—¿No vas a querer más? —preguntó tímidamente.

—No —contestó ella—. Prefiero no comer demasiado. La semana que viene trabajo.

—¿Que trabajas, dices? ¿Haciendo qué? —preguntó Joe.

De pronto Lauren se puso nerviosa.

—¿Qué he dicho?

—Me parece que decías que trabajas.

—Ah, sí... Sí trabajo —hizo una pausa y luego tomó aire—. Ayudo un poco en una tienda...

Joe no las tenía todas consigo.

—¿Y por qué necesitas estar delgada para trabajar en una tienda?

Lauren parecía incómoda.

—Es una tienda muy estrechita —replicó, y miró el reloj—. Dentro de diez minutos tenemos dos clases seguidas de matemáticas. Será mejor que nos vayamos.

Joe frunció el ceño. Allí había gato encerrado...

16

Dan Pitta

—¡*La Bruja* ha muerto! —canturreaba un niño con la cara llena de granos—. ¡Ding dong, la malvada *Bruja* ha muerto!

Ni siquiera habían pasado lista todavía, pero la noticia ya corría por toda la escuela como una epidemia de gripe.

—¿A qué te refieres? —preguntó Joe mientras se sentaba. En el extremo opuesto de la clase vio a Bob, que lo miraba con gesto dolido.

«Seguramente está celoso por Lauren», pensó.

—¿No te has enterado? —preguntó otro niño todavía más lleno de granos que estaba a su espalda—. ¡Han echado a Spite!

—¿Por qué? —preguntó Joe.

—¿Qué más da? —replicó un chico con algo menos de acné—. ¡Se acabaron las aburridas clases de historia!

Joe sonrió, pero luego arrugó el entrecejo. Detestaba a la señorita Spite y sus soporíferas clases como el que más, pero no estaba seguro de que mereciera quedarse sin trabajo. Tenía muy malas pulgas pero en realidad era buena profesora.

—Han despedido a Spite —anunció a Lauren cuando ésta entró en el aula.

—Sí, ya me enteré —dijo la chica—. Es una noticia estupenda, ¿no crees?

—Hummm, sí, supongo... —contestó Joe.

—Creía que estarías contento. Me dijiste que no la soportabas.

—Sí, pero... —Joe dudó unos instantes—. Es sólo que me da un poco de... ya sabes... de lástima.

Lauren hizo un gesto como quitándole importancia.

Mientras tanto, una pandilla de chicas de aspecto temible se había sentado encima de los pupitres, al fondo de la clase. Alguien dio un empujón a la más pequeña del grupo, que avanzó hacia Lauren mientras las demás miraban entre risitas mal disimuladas.

—No tendrás unos fideos enlatados por ahí, ¿no? —dijo, y toda la pandilla se dobló de risa.

Lauren miró de reojo a Joe.

—No sé de qué me hablas —replicó.

—¡Vamos! —exclamó la chica—. Estás un poco cambiada, pero te reconocí enseguida.

—No tengo idea de lo que me estás diciendo —insistió Lauren, un poco nerviosa.

Antes de que Joe pudiera abrir la boca, un hombre joven vestido como un abuelo entró al aula y se detuvo junto al pizarrón con aire inseguro.

—Cálmense, por favor —dijo sin levantar la voz. Nadie en toda la clase se percató de su presencia, excepto Joe—. He dicho que se vayan calmando…

La segunda frase del nuevo profesor sonó ligeramente más fuerte que la primera, pero aun así nadie le hizo caso. De hecho, parecía haber incluso más alboroto que antes.

—Eso está mejor —dijo el hombrecillo, intentando ser optimista—. Bien, como quizá saben, la señorita Spite no puede venir hoy…

—¡Sí, la han puesto de patitas en la calle! —dijo una chica gorda y gritona.

—Bueno, eso no es… La verdad es que sí, es cierto —el profesor siguió hablando con aquella vocecilla monótona—. Yo sustituiré a la señorita Spite como su tutor y también les daré historia e inglés. Me llamo Daniel Pitta —empezó a escribir su apellido en el pizarrón con letra clara—, pero pueden llamarme Dan.

De pronto hubo un silencio en la clase, mientras treinta pequeños cerebros procesaban la información.

—¡Pan Pita! —exclamó un chico pelirrojo desde el fondo de la clase. Una gran carcajada recorrió el aula. Joe había intentado darle una oportunidad al pobre hombre, pero no pudo evitar reírse.

—Por favor, chicos, por favor, ¿pueden callarse? —suplicó el profesor de nombre desafortunado. Pero no había manera. Toda la clase se desternillaba de risa. El nuevo tutor había cometido el mayor pecado que puede hacer cualquier profesor: tener un nombre chistoso. Lo digo muy en serio. Si el nombre de ustedes se parece en algo a cualquiera de los que figuran en la lista de abajo, es muy, muy importante que por nada del mundo intenten dedicarse a la enseñanza:

Ana Cardo

Armando Bronca

Dolores de la Muela

Edgar Gajo

Álex Cremento

Encarna Vales

Antón Tolaba

Estela Garto

Víctor Tazo

Ana Conda

Cruz Igrama

Rosa Bihonda

Roberto Reón

Pepe Dorro

Elsa Pito

Ramona Guillo

Aitor Menta

Concha Bada

Paz Guata

Paco Meralgo

Ester Colero

Paca Galera

Paco Tilla

Elena Nito del Bosque

Ángela Tina Dulce

Ana Mier de Cilla

Nacho Colate

Gaspar Alizante

Borja Mon de York

Enrique Cido

Josechu Letón

Andrés Trozado

Omar Ciano

Álex Plosivo

Andrés Tresado

Cindy Nero

Elba Tracio

Elsa Nitario

Elton Tito

Elvis Cochuelo

Jorge Nitales

Esteban Dido

Pepe Lotazo

Zoila Cabeza de Vaca

Aquiles Pinto Paredes

Elsa Corroto

Háganme caso. Ni siquiera lo planeen. Sus alumnos les harían la vida imposible.

Y ahora, volvamos a lo nuestro…

—Bien —dijo el profesor de nombre desafortunado—. Voy a pasar lista. ¿Adams?

—¡No se olvide de Kika Masala! —gritó un rubio delgaducho, y un nuevo ataque de risa recorrió la clase.

—Les he pedido un poco de silencio —dijo el señor Pitta en tono quejumbroso.

—¡Ni de Nacho Guacamole! —gritó otro chico.

Ahora las risas eran ensordecedoras.

Dan Pitta se llevó las manos a la cabeza. Joe casi sintió lástima por él. A partir de ese día, la vida de aquel hombrecillo gris iba a ser un auténtico calvario.

«Oh, no —pensó Joe—. Vamos a reprobar todos.»

17

Alguien llama a la puerta...
del baño

Hay unas cuantas cosas que es mejor no oír mientras estás sentado en la taza de baño:

Una alarma antiincendios.

Un terremoto.

El rugido de un león hambriento en el excusado de al lado.

Un montón de gente gritando «¡Sorpresa!»

El ruido que hacen los muros del lavabo al ser alcanzados por una gigantesca bola de demolición.

El clic de una cámara fotográfica.

El sonido que hace una anguila eléctrica al deslizarse por el desagüe del retrete.

Alguien haciendo un agujero en la pared con un taladro.

A los JLS cantando (bueno, a ésos más vale no oírlos nunca).

Alguien que llama a la puerta.

Esto último fue precisamente lo que oyó Joe durante el recreo, estando sentado en el retrete del baño de chicos.

¡PAM, PAM, PAM!

Que quede claro, queridos lectores: eso que ha sonado no ha sido la puerta de ustedes, sino la del baño de Joe.

—¿Quién es? —preguntó, irritado.

—Soy Bob —contestó... sí, lo han adivinado: Bob.

—Vete, estoy ocupado —dijo Joe.

—Necesito hablar contigo.

Joe jaló de la cadena y abrió la puerta.

—¿Qué quieres? —preguntó con malos modos mientras se dirigía al lavabo.

Bob lo siguió mientras se zampaba una bolsa de papas fritas. Sólo había pasado una hora desde que había comido papas fritas, como todos los demás, pero era evidente que tenía un apetito insaciable.

—No deberías comer papas fritas en el baño, Bob.

—¿Por qué no?

—Porque... porque... yo qué sé, porque a las papas no les tiene que hacer ninguna gracia —Joe abrió el grifo de un golpe para lavarse las manos—. ¿Qué quieres, Bob?

El chico se metió la bolsa de papas fritas en el bolsillo del pantalón y se plantó detrás de su antiguo amigo. A través del espejo, miró a Joe a los ojos.

—Quería hablarte de Lauren.

—¿Qué pasa con ella?

Joe lo sabía. Bob estaba celoso; eso es lo que le pasaba.

Bob apartó la vista un instante y respiró hondo.

—No creo que debas confiar en ella —soltó al fin.

Joe se dio media vuelta, temblando de rabia.

—¿Qué has dicho? —gritó.

Bob retrocedió, sorprendido.

—Es sólo que la veo…

—¿CÓMO LA VES?

—Falsa.

—¿Falsa? —Joe estaba a punto de perder los estribos.

—Dicen por ahí que es actriz, que sale en un anuncio de la tele o algo por el estilo. Y yo la vi este fin de semana con otro chico.

—¿Qué?

—Joe, creo que sólo finge que le gustas.

Joe pegó su cara a la de Bob. Detestaba enfurecerse tanto. Le daba miedo perder el control de ese modo.

—¡REPÍTELO SI TE ATREVES!

Bob se amilanó.

—Escucha, lo siento, no quiero pelearme contigo, sólo te digo lo que he visto.

—Mientes.

—¡Para nada!

—Lo que pasa es que estás celoso porque le gusto a Lauren, y porque eres una bola de sebo que no tiene un solo amigo.

—No estoy celoso, sólo me preocupo por ti, Joe. No quiero que te hagan daño.

—Ah, ¿no? —replicó Joe—. Pues no sonabas demasiado preocupado por mí cuando me llamaste niño inmaduro y consentido...

—Te lo digo de verdad, yo...

—Déjame en paz, Bob. Ya no somos amigos. Me diste lástima y por eso te hice caso, pero nada más.

—¿Qué acabas de decir? ¿Que te di lástima?

Bob tenía los ojos llenos de lágrimas.

—No era mi intención...

—¿Por qué?, ¿porque estoy gordo? ¿Porque los otros chicos me mangonean? ¿Porque mi padre está muerto?

Ahora era Bob el que gritaba.

—No... La verdad es que... No quería decir... —lo cierto es que no sabía qué quería decir. Hurgó en su bolsillo y sacó un fajo de billetes de cincuenta libras que ofreció a Bob—. Escucha, lo siento. Ten. Cómprale algo bonito a tu madre.

Con un manotazo, Bob apartó los billetes, que cayeron al suelo mojado.

—¿Qué he hecho ahora? —protestó Joe—. ¿Qué te pasa, Bob? Sólo intento ayudarte.

—No quiero tu ayuda. ¡No quiero volver a saber nada de ti!

—¡Estupendo!

—¡Y si alguien da lástima eres tú, para que lo sepas!

Bob se marchó, hecho una furia.

Joe soltó un suspiro, se puso de rodillas y empezó a recoger los billetes mojados.

—¡Eso es ridículo, Joe! —dijo Lauren más tarde, echándose a reír—. ¡Cómo voy a ser actriz! ¡No creo ni que me dejaran participar en la función de la escuela!

Joe también intentó reírse, pero no lo consiguió del todo. Estaban sentados en la banca del patio de recreo, temblando un poco a causa del frío. A Joe no le resultó fácil decir la siguiente frase. Quería y no quería saber la respuesta. Inspiró hondo.

—Bob me ha dicho que te vio con otro chico. ¿Es verdad?

—¿Cómo dices?

—El fin de semana. Ha dicho que te vio con otra persona.

Joe la miró a los ojos, intentando descifrar la expresión de su rostro. Por un instante, Lauren pareció sentirse acorralada.

—Es un mentiroso —contestó al cabo de unos segundos.

—Eso me parecía —dijo Joe, aliviado.

—Un gordo mentiroso —insistió Lauren—. No puedo creer que fuera tu amigo.

—Bueno, por poco tiempo —replicó Joe, encogiéndose de vergüenza—. Ya no tengo nada que ver con él.

—Pues yo lo odio. Cerdo mentiroso. Prométeme que nunca volverás a dirigirle la palabra —pidió Lauren como si le fuera la vida en ello.

—Bueno...

—Prométemelo, Joe.

—Te lo prometo —cedió él.

Una ráfaga de viento helado barrió el patio de recreo.

18

La Vortex 3000

Lauren no tenía demasiada fe en la reunión de firmas para pedir la readmisión de la señorita Spite.

Y estaba en lo cierto.

Al final del día, Joe sólo había logrado reunir tres firmas: la de Lauren, la de la señora Trafe y la suya propia. La cocinera había firmado sólo porque Joe había prometido probar una de sus tartaletas de cagarrutas de hámster. Suena fatal, ¿verdad? Pues sabía peor aún. Aunque no tenía mucho más que una hoja de papel en blanco, Joe seguía pensando que valía la pena entregar las firmas recogidas al director. La señorita Spite no era santa de su devoción, ni mucho menos, pero no entendía por qué la habían echado a la calle. Pese a todo, era una buena profesora; desde luego, mucho mejor que Pan Naan, o como se llamara el hombrecillo de nombre absurdo.

—¡Hola, niños! —saludó alegremente la secretaria del director.

La señora Chubb era una mujer dicharachera, muy gorda y un poco mayor, que siempre llevaba lentes con armazones de colores chillones. Se pasaba la vida en el despacho del director, sentada detrás de un escritorio. De hecho, nadie la había visto nunca de pie. No era descabellado suponer que, dada su masa corporal, no podía moverse de la silla.

—Hemos venido a ver al director —anunció Joe.

—Queremos entregarle una petición —añadió Lauren, enseñándole la hoja de papel que llevaba en la mano.

—¡Una petición, qué emocionante! —exclamó la señora Chubb con una sonrisa de oreja a oreja.

—Sí, para que vuelva la señorita Spite —dijo Joe, engrosando la voz para impresionar a Lauren. Por un momento, jugueteó con la posibilidad de golpear el escritorio con el puño para subrayar sus palabras, pero no quería volcar ninguno de los numerosos muñequitos de la suerte que tenía la señora Chubb.

—Ah, sí, la señorita Spite. Una profesora maravillosa. No entiendo qué pasó, la verdad, pero lamento decirles que el señor Dust acaba de marcharse.

—Oh, no —dijo Joe.

—Sí, acaba de salir. Oh, fíjense, ahí va —la señora Chubb señaló el estacionamiento con uno de sus dedos rechonchos y enjoyados. Joe y Lauren miraron a través del cristal. El director avanzaba a paso de caracol, apoyado en su andadera—. ¡Más despacio, señor Dust, o se hará daño! —le advirtió a gritos. Luego volteó de nuevo hacia Joe y Lauren—. No me oye. ¡Bueno, la verdad es que está sordo como una pared! Si quieren, pueden dejarme a mí eso de la petición —la secretaria ladeó la cabeza y estudió la hoja por unos instantes—. Vaya por Dios, no hay muchas, que digamos.

—Esperábamos reunir más —se excusó Joe, abatido.

—¡Bueno, si se dan prisa puede ser que todavía lo alcancen! —dijo la señora Chubb.

Joe y Lauren intercambiaron una sonrisa y salieron tranquilamente al estacionamiento. Para su sorpresa, el señor Dust había dejado la andadera a un lado y se había encaramado a una flamante Harley Davidson. Era el nuevo modelo Vortex 3000 con motor a reacción. Joe lo reconoció porque su padre tenía una pequeña colección de unas trescientas motos y se pasaba la vida enseñándole los folletos publicitarios de los nuevos modelos. La supermoto costaba doscientas cincuenta mil libras y era la más cara que se había fabricado nunca. Era más ancha que un coche, más alta que un camión y más negra que un agujero negro. Relucía con un brillo muy distinto al de la andadera del señor Dust.

—¡Director! —gritó Joe, pero era demasiado tarde.

El señor Dust ya se había puesto el casco y empezó a acelerar. Arrancó el motor de la bestia y pasó con un rugido por delante de los modestos coches de los demás profesores, a ciento cincuenta kilómetros por hora. Iba tan deprisa que sólo se sujetaba con las manos, pues sus delgadas piernecillas flotaban en el aire.

—¡ALLÁ VOOOOOOOOOOOOOOOOOOOOOY! —gritó el hombre justo antes de desaparecer en la distancia, montado en su absurdo vehículo. En cuestión de segundos, se convirtió en una minúscula mota sobre el horizonte.

—Aquí está pasando algo muy raro —le dijo Joe a Lauren—. Echan a *la Bruja* a la calle y el director se compra una moto de doscientas cincuenta mil libras...

—¡No seas tonto, Joe! ¡Es una casualidad! —replicó Lauren, riéndose—. Oye, ¿sigue en pie la invitación para ir a cenar esta noche? —añadió, cambiando rápidamente de tema.

—Sí, sí, claro —contestó Joe enseguida—. ¿Te parece bien que nos vemos delante del quiosco de Raj dentro de una hora?

—Perfecto. Hasta entonces.

Joe le sonrió y se quedó viendo cómo se alejaba.

Pero ese resplandor dorado que hasta ese momento parecía envolver a Lauren había empezado a desvanecerse. De pronto tenía la sensación de que algo iba mal, muy mal...

19

Como el trasero de un mandril

—A lo mejor lo que le ocurre a tu director es que está pasando por una crisis de la mediana edad —opinó Raj.

Joe había pasado por el quiosco de camino a casa y le había contado a Raj las extrañas novedades del día.

—El señor Dust tiene algo así como cien años; ¡la mitad de su vida pasó hace mucho! —dijo Joe.

—A lo que me refería, listillo —continuó Raj—, es que a lo mejor sólo quiere volver a sentirse joven.

—Pero es la moto más cara de todo el mundo. Cuesta un cuarto de millón. Y él es profesor de secundaria, no futbolista. ¿Cómo ha podido comprarla? —preguntó Joe, intrigado.

—No lo sé... Resolver misterios no se me da tan bien como a Miss Marbles o al gran Sherlock Holmes... —se excusó Raj; luego echó un vistazo a su alrededor y añadió en susurros—: Joe, tengo que preguntarte algo, pero que no salga de aquí.

Joe también bajó la voz.

—Adelante, soy una tumba.

—Me resulta muy embarazoso preguntarte esto —susurró Raj—, pero, ¿usas el papel higiénico especial de tu padre?

—Sí, claro, Raj. ¡Todo el mundo lo usa!

—Pues yo llevo unas pocas semanas usando ese nuevo que acaba de sacar al mercado...

—¿Las toallitas con aroma a menta? —preguntó Joe.

En ese entonces había un abanico inmenso de productos Pompisfresh, que incluía:

POMPISFRESH EFECTO CALOR: deja el trasero calientito a la par que reluciente.

POMPISFRESH SEÑORAS: toallitas especialmente suaves para la delicada piel de las posaderas femeninas.

POMPISFRESH MENTOLADO: deja un fresco aroma a menta allí donde la espalda pierde su nombre.

—Sí, pero... —Raj tomó aire antes de seguir— se me ha puesto el trasero todo... ejem... morado.

—¡¿Morado?! —exclamó Joe, y se le escapó la risa de puro asombro.

—Oye, esto es muy serio —lo regañó Raj. De pronto, levantó la mirada—. El diario y un paquete de caramelos Rolo... serán ochenta y cinco peniques. Tenga cuidado con la dentadura al comer los Rolo, señor Little.

Raj esperó a que el jubilado abandonara la tienda. ¡Tilín!, hizo la campanilla de la puerta.

—No me di cuenta de que entró. Debía estar escondido detrás de las bolsas de papas fritas —dijo Raj, un poco preocupado por lo que el anciano pudiera haber oído.

—Me tomas el pelo, ¿verdad, Raj? —preguntó Joe con una sonrisa burlona.

—No, lo digo muy en serio, Joe —replicó Raj con cara de pocos amigos.

—¡Pues enséñamelo! —dijo Joe.

—¡No puedo enseñarte el trasero, Joe! ¡Apenas nos conocemos! —exclamó Raj—. Pero te lo explicaré mediante una sencilla gráfica.

—¿Una gráfica? —preguntó el chico.

—Paciencia, Joe.

Mientras el chico miraba, Raj agarró una hoja de papel, varios rotuladores de colores y dibujó esta sencilla gráfica:

Grados de moradez

Berenjena · Moras silvestres · «Purple Rain» de Prince · Medalla del corazón púrpura · Sangre de klingon · Trasero de Raj

—¡Guau, pues sí que lo tienes morado! —exclamó Joe, observando la gráfica—. ¿Te duele?

—Lo tengo un poco irritado.

—¿Has ido al médico? —preguntó Joe.

—Sí, y me ha dicho que últimamente ha visto a cientos de pacientes con los mismos síntomas.

—¡Oh, no! —exclamó Joe.

—¡Quizá tengan que hacerme un trasplante de trasero!

Joe no pudo evitar reírse.

—¿Un trasplante de trasero?

—¡Pues sí! No es como para tomarlo a broma, Joe —lo regañó Raj. No le había sentado nada bien que sus posaderas se convirtieran en objeto de burla.

—Tienes razón, lo siento —dijo Joe, intentando contener la risa.

—Creo que dejaré de usar las nuevas toallitas Pompisfresh de tu padre y volveré a usar el papel higiénico blanco nuclear que solía comprar mi mujer.

—Estoy seguro de que no es culpa de las toallitas —dijo Joe.

—¿Y de qué, si no?

—Escucha, Raj, será mejor que me vaya —dijo Joe—. He invitado a mi novia a cenar esta noche.

—Vaya, así que ya tienes novia. ¿Esa chica tan guapa con la que viniste a comprar los helados? —preguntó el quiosquero, más animado.

—Sí, ésa es —contestó Joe con timidez—. Bueno, en realidad no sé si es mi novia, pero últimamente pasamos mucho tiempo juntos...

—¡Bueno, que la pases bien esta noche!

—Gracias —cuando iba a salir, Joe se volvió de nuevo hacia el quiosquero. No pudo evitarlo—. Ah, por cierto, Raj, suerte con el trasplante de trasero...

—Gracias, amigo mío.

—¡Espero que encuentren uno lo bastante grande! —añadió entre risas.

—¡Fuera de mi tienda! ¡Largo, largo de aquí! —gritó Raj.

¡Tilín!

—Será descarado... —refunfuñó el quiosquero con una sonrisa mientras reordenaba los chocolates.

20

Una pelota inflable
recubierta de pelo

En la Mansión Pompisfresh la música sonaba a todo volumen. Haces de luz de colores giraban en las habitaciones. Cientos de personas pululaban por la casa y sus alrededores. Seguramente habría quejas por el ruido.

Desde Suecia.

Joe no tenía idea de que daban una fiesta en casa esa noche. Su padre no le había dicho nada durante el desayuno, y Joe había invitado a Lauren a cenar. Además, como era viernes, podían quedarse despiertos hasta bastante tarde. Iba a ser la cita perfecta. Y, ¿por qué no?, a lo mejor hasta se besaban.

—Lo siento, no sabía nada de todo esto —se disculpó Joe mientras se acercaban a la inmensa escalinata de piedra que presidía la casa.

—¡No pasa nada, me encantan las fiestas! —exclamó Lauren.

Mientras anochecía y los desconocidos salían de la casa a trompicones, sosteniendo botellas de champán, Joe tomó la mano de Lauren y cruzó con ella el umbral de la enorme puerta de roble.

—¡Qué música más hermosa! —dijo Lauren a gritos para hacerse oír.

—¿Qué? —replicó Joe.

Lauren pegó los labios a la oreja de Joe:

—¡He dicho que qué música más hermosa!

Pero Joe seguía sin entenderla del todo. La cercanía de su cálido aliento lo dejó anonadado por unos instantes.

—¡GRACIAS! —gritó Joe a modo de respuesta, pegando los labios a la oreja de Lauren. Su piel desprendía un aroma dulce, como a miel.

Joe buscó a su padre por toda la casa. Le fue imposible dar con él. Todas las habitaciones estaban repletas de invitados, pero Joe no reconoció a ninguno de ellos. ¿De dónde demonios habría salido toda aquella gente? Apuraban los cocteles y engullían canapés como si fuera el fin del mundo. Al ser bajito, Joe se las ingeniaba para buscar a su padre entre el gentío. No estaba en la sala de billar. Tampoco en el comedor. Ni en la sala de masajes. Ni en la biblioteca. Tampoco lo encontró en el otro comedor. Ni en su dormitorio. Ni en la terraza.

—¡Busquemos en la piscina techada! —gritó Joe al oído de Lauren.

—¡Tienes piscina! ¡Estupendo! —contestó ella a grito pelado.

Pasaron por delante de una mujer que vomitaba agachada junto al baño mientras un hombre (el novio, se supone) le daba palmaditas en la espalda para animarla. Algunos de los invitados se habían tirado o caído a la piscina y chapoteaban en el agua. A Joe le gustaba nadar, y la sospecha de que ninguna de aquellas personas saldría del agua si necesitaba hacer pipí lo puso de un humor de perros.

Justo entonces vio a su padre. No llevaba puesto más que un traje de baño y su peluquín de rizos afro, y bailaba como si oyera una canción completamente distinta a la que sonaba. Detrás de él, cubría la pared un inmenso mural con una extraña versión musculosa de sí mismo, reclinado y luciendo tanga. El verdadero señor Spud meneaba el esqueleto con más pena que gloria delante del mural. En realidad, parecía una pelota inflable recubierta de pelo.

—¿Qué está pasando, papá? —preguntó Joe a gritos, en parte para hacerse oír por encima de la

música, y en parte también porque estaba enfadado con su padre por no haberle dicho nada de la
fiesta—. ¿Quién es toda esta gente, amigos tuyos?

—Qué va, los he alquilado. Quinientas libras
cada uno. En www.invitadosdefiesta.com.

—¿Qué celebramos, papá?

—¡Bueno, sé que te alegrarás mucho de saber que Sapphire y yo nos hemos comprometido! —gritó el señor Spud.

—¡Qué! —replicó Joe, sin poder disimular su indignación.

—Es una gran noticia, ¿verdad? —gritó su padre. La música seguía atronando: bum, bum, bum.

Joe no podía creerlo. ¿De verdad aquella adolescente descerebrada iba a ser su nueva madre?

—Ayer se lo pedí y me dijo que no, pero hoy se lo volví a pedir con un gran anillo de diamantes y ha dicho que sí.

—Felicidades, señor Spud —dijo Lauren.

—Tú debes ser la nueva amiguita de mi hijo —apuntó el señor Spud, titubeando un poco.

—Así es, señor Spud —confirmó Lauren.

—Llámame Len, por favor —dijo el hombre con una sonrisa—. Y quiero presentarte a Sapphire. ¡SAPPHIRE! —gritó.

La joven se acercó tambaleándose. Llevaba zapatos de tacón amarillo canario y un biquini de un amarillo más chillón todavía.

—Pichoncito mío, reina de mi corazón, ¿querrás enseñarle tu anillo de compromiso a la amiguita de Joe? Veinte millones de libras, sólo el diamante.

Joe echó un vistazo al pedrusco que relucía en el dedo de su futura madrastra. Había visto pisos más pequeños. El brazo izquierdo le colgaba más abajo que el derecho debido al peso.

—Hummm... bueno... ejem... Pesa tanto que no puedo levantar la mano, pero si te agachas podrás verlo... —dijo Sapphire; Lauren se acercó para observarlo más de cerca—. Oye, ¿no nos hemos visto antes? —le preguntó Sapphire.

El señor Spud salió al paso:

—No, bomboncito mío, no la conoces de nada.

—Pues su cara se me hace conocida —replicó Sapphire.

—¡Que no, capullito de alhelí, que no!

—¡Ya! ¡Ya sé a quién me recuerda su cara!

—¡Te he dicho que cierres el pico, flor de loto! —insistió el señor Spud.

—¡Salías en ese anuncio de fideos chinos precocinados! —exclamó Sapphire.

Joe se volvió hacia Lauren, que clavó los ojos en el suelo.

—Es buenísimo, seguro que lo has visto, Joe —continuó Sapphire—. ¡Ese que anuncia el nuevo sabor agridulce, en el que ella se dedica a repartir golpes de karate para impedir que unos tipos le roben la lata de fideos!

—¡O sea que sí eres actriz! —farfulló Joe.

De pronto creía recordar el anuncio. Lauren se había teñido el pelo de otro color, y no llevaba puesto aquel overol amarillo tan ceñido, pero era ella, sin duda.

—Será mejor que me vaya —dijo Lauren.

—¿Lo de que no tenías novio también era mentira? —preguntó Joe.

—Adiós, Joe —dijo Lauren antes de salir corriendo, abriéndose paso entre los invitados.

—¡LAUREN! —la llamó Joe.

—Deja que se marche, hijo —dijo el señor Spud con aire abatido.

Pero Joe fue tras ella y la alcanzó justo cuando empezaba a bajar por la escalinata de piedra. La tomó del brazo con más fuerza de la prevista y la chica se volvió con una mueca de dolor.

—¡Aaay!

—¿Por qué me mentiste? —farfulló Joe.

—Olvídalo, Joe —replicó Lauren. De repente parecía otra persona. Sonaba más petulante, y su rostro no era tan dulce. El brillo de sus ojos se había desvanecido por completo y el resplandor que antes la envolvía se había convertido en una sombra—. Es mejor que no lo sepas.

—¿Que no sepa qué?

—Escucha, si quieres saber la verdad, tu padre me vio en ese anuncio de fideos y llamó a mi agente. Le dijo que las cosas no te iban bien en la escuela y me pagó para que me hiciera amiga tuya. Todo iba de maravilla hasta que intentaste besarme.

Lauren bajó los escalones a la carrera y desapareció por el largo camino de entrada. Joe se le quedó mirando unos instantes, hasta que sintió un dolor en el pecho, tan insoportable que tuvo que inclinarse hacia delante. Cayó de rodillas. Un invitado pasó por encima de él. Joe ni siquiera levantó la mirada. Sentía una pena tan grande que no creía que fuera a levantarse nunca.

21

Maquilladora profesional

—¡PAPÁ! —gritó Joe.

Nunca se había sentido tan furioso, y esperaba no volver a sentirse así nunca. Se fue corriendo a la piscina techada para enfrentarse a su padre.

El señor Spud se enderezó el peluquín con gesto nervioso mientras su hijo se acercaba.

Joe se plantó delante de él, resoplando de rabia. Estaba tan furioso que no podía ni hablar.

—Lo siento, hijo. Creía que eso era lo que querías, hacer amistades. Sólo pretendía que las cosas te fueran mejor en la escuela. También conseguí que echaran a esa profesora a la que tanto odiabas. Lo único que tuve que hacer fue comprarle una moto al director.

—No me digas que… Has dejado en la calle a una mujer mayor… y además, además… Has pagado a una chica para que… ¡fingiera que yo le gustaba!

—Creía que eso era lo que querías.

—¡¿Qué?!

—Escucha, puedo comprarte otro amigo —dijo el señor Spud.

—NO LO ENTIENDES, ¿VERDAD? —gritó Joe, fuera de sí—. Hay cosas que no pueden comprarse.

—¿Como qué?

—Como la amistad. Como los sentimientos. ¡Como el amor!

—Bueno, eso sí se puede —intervino Sapphire, que seguía sin poder levantar la mano.

—¡Te odio, papá, juro que te odio! —gritó Joe.

—Hijo, por favor… —suplicó el señor Spud—. Oye, tranquilízate, por lo que más quieras. ¿Qué

te parece si te extiendo un cheque de cinco millones de libras?

—Oooh, sí, por favor… —suspiró Sapphire.

—¡No quiero volver a tocar tu asqueroso dinero! —masculló Joe.

—Pero, hijo… —farfulló el señor Spud.

—Lo último que quiero es acabar como tú,
¡con una novia descerebrada que podría ser tu
hija!

—Perdona, pero he sacado el diplomado escolar y he hecho un curso de maquillaje —replicó Sapphire, indignada.

—¡No quiero volver a verte nunca más! —dijo Joe.

Echó a correr, abriéndose paso a empujones. Sin querer, echó a la piscina a la mujer que vomitaba. Al salir, cerró de golpe la enorme puerta. Un trozo del mural del señor Spud, justo la parte de la tanga, cayó de la pared y se estrelló en el suelo.

—¡JOE! ¡ESPERA! —gritó el señor Spud.

Joe sorteó las hordas de invitados, se fue corriendo hasta su habitación y cerró la puerta con fuerza. No había cerradura, así que agarró una silla y la colocó haciendo cuña debajo del pomo para que nadie pudiera abrir desde fuera. Mientras la música retumbaba a través del suelo alfombrado, Joe tomó una bolsa y empezó a llenarla de ropa. No sabía adónde ir, por lo que no estaba seguro de lo que necesitaba. Sólo sabía que no quería pasar un solo instante más en aquella ridícula mansión. Agarró un par de sus libros preferidos (*La abuelita gánster* y *Las ratahamburguesas*, que le parecían desternillantes y sin embargo le llegaban al alma).

Luego miró hacia el anaquel en el que se apilaban todos sus carísimos juguetes y cachivaches, y se le fueron los ojos al pequeño cohete espacial hecho con un rollo de cartón que su padre le había regalado cuando aún trabajaba en la fábrica. Recordó que se lo había dado al cumplir ocho años. Por entonces sus padres todavía estaban juntos y Joe pensó que no había vuelto a ser realmente feliz desde esa época.

Cuando alargó la mano para agarrarlo, alguien llamó a la puerta.

—Hijo, por favor, déjame entrar…

Joe no contestó. No tenía nada más que decirle al hombre que estaba al otro lado de la puerta.

Quienquiera que hubiese sido su padre, había dejado de existir hacía años.

—Joe, te lo suplico —dijo el señor Spud.

Entonces hubo un silencio.

¡PAAATAAAPAAAAAAAAM!

El padre de Joe intentaba abrir la puerta por la fuerza.

—¡Abre ahora mismo!

¡PAAAAAATAAAAPAA
AAAAAAAAAAAAAAM!

—¡Te lo he dado todo!

Empujaba con todas sus fuerzas, y las patas de la silla se hundían en la alfombra, resistiendo heroicamente. El señor Spud hizo un último intento.

¡PAAAAAAAAAA
AAAAAAAAAAAA
TAAAAAAAAAAA
PAAAAAAAAAM!

Joe oyó un golpe mucho más suave cuando su padre se dio por vencido y apoyó el cuerpo contra la puerta. Luego se oyó un pequeño chirrido, cuando el hombre se dejó resbalar hacia abajo, y un gimoteo entrecortado. Entonces algo cegó la luz que se colaba por la rendija de la puerta. El señor Spud se había sentado en el suelo.

El pequeño Spud sintió unos remordimientos terribles. Sabía que lo único que tenía que hacer para que su padre dejara de sufrir era abrir la puerta. Puso la mano en la silla por unos instantes. «Si abro la puerta ahora —pensó— nada cambiará.»

Joe respiró hondo, apartó la mano de la silla, tomó la bolsa y se dirigió a la ventana. La abrió despacio para que su padre no lo oyera y luego se encaramó a la repisa de la ventana. Echó un último vistazo a su habitación antes de saltar a la oscuridad, y a un nuevo capítulo.

22

Un nuevo capítulo

Joe corrió tan deprisa como pudo, es decir, más bien despacio. Pero él tenía la sensación de avanzar veloz como el viento. Enfiló a la carrera hacia el larguísimo camino de acceso a la casa. Esquivó a los guardias de seguridad. Saltó por encima del muro. ¿Para qué servía el muro?, ¿para impedir que la gente entrara o que él saliera? Nunca había pensado en eso hasta entonces. Pero en ese momento no había tiempo para pensar. Joe tenía que correr. Y seguir corriendo.

No sabía adónde ir. Sólo sabía dónde no quería volver. No podía seguir viviendo ni un minuto más en esa estúpida casa, con ese estúpido padre suyo. Joe corrió calle abajo. Lo único que oía era su respiración, cada vez más acelerada. Sintió un ligero sabor a sangre en la boca. Deseó haberse esforzado más en la carrera a campo traviesa.

Se había hecho tarde. Pasaba de la medianoche. Las farolas iluminaban inútilmente las calles desiertas. Al llegar al centro, Joe frenó hasta detenerse. Un coche solitario avanzaba despacio por la calle. Al darse cuenta de que estaba solo, sintió un escalofrío de miedo. Sólo entonces fue plenamente consciente de que se había escapado de casa. Vio su cara reflejada en el escaparate de un Kentucky Fried Chicken. Le devolvió la mirada un chico regordete de doce años que no tenía donde caerse muerto. Una patrulla pasó despacio, sin hacer ruido. ¿Estarían buscándolo? Joe se escondió detrás de un gran bote de basura. El olor a grasa, catsup y cartón recalentado era tan vomitivo que sintió una arcada. Se tapó la boca para no vomitar. No quería que la policía lo descubriera.

Cuando la patrulla dobló la esquina, Joe salió de su escondite. Como un hámster que ha escapado de la jaula, avanzaba pegado a las paredes. ¿Podría irse a casa de Bob? «No», pensó Joe. Estaba tan emocionado por salir con Lauren, o como demonios se llamara en realidad, que había vuelto la espalda a su único amigo. La señora Trafe le había hecho de paño de lágrimas, pero sólo andaba tras su dinero.

¿Y Raj? «Sí», pensó Joe. Podría irse a vivir con el quiosquero del trasero morado. Podría instalarse detrás del refrigerador. Allí estaría a salvo. Podría pasarse el día hojeando revistas para chicos y atiborrándose de golosinas ligeramente caducadas. No podía imaginar una vida mejor.

Las ideas se sucedían a toda velocidad en la mente de Joe, y sus piernas no tardaron en hacer lo mismo. Cruzó la calle y dobló a mano izquierda. La tienda de Raj quedaba a pocas manzanas de allí.

De pronto, oyó un zumbido lejano en el cielo oscuro que fue haciéndose cada vez más audible hasta que dejó de ser un zumbido para convertirse en un sonoro traqueteo, y luego en un estruendo insoportable.

Era un helicóptero. Un potente foco alumbraba las calles. La voz del señor Spud resonó a través de un altavoz.

—JOE SPUD, TE HABLA TU PADRE. RÍNDETE. REPITO: RÍNDETE.

Joe fue corriendo a esconderse en el portal de The Body Shop. El haz de luz acababa de pasar de largo. El aroma a gel de piña y granada y a exfoliante podal de pitahaya le inundó las fosas nasales con un cosquilleo. Al oír que el helicóptero se acercaba, Joe cruzó la calle a la carrera y, avanzando agachado, dejó atrás un Pizza Hut y luego un

Pizza Express, hasta encontrar refugio en el portal de un Domino's Pizza. Justo cuando se disponía a salir de su escondite y pasar corriendo por delante de Bella Pasta, el helicóptero dio media vuelta y lo sobrevoló. De pronto, Joe Spud se vio atrapado en el centro de aquel chorro de luz.

—NO TE MUEVAS. REPITO: NO TE MUEVAS —tronó la voz.

Joe miró hacia arriba, al punto del que provenía la luz, mientras su cuerpo temblaba debido a la fuerte vibración de las hélices del helicóptero.

—¡Lárgate! —gritó—. Repito: ¡lárgate!

—VUELVE A CASA AHORA MISMO, JOE.

—No.

—JOE, TE HE DICHO...

—¡Te he oído, y no pienso volver a casa nunca! ¡Jamás! —replicó Joe a grito pelado.

Estando allí de pie, bañado por la potente luz, tuvo la impresión de encontrarse sobre el escenario, en medio de una función teatral especialmente dramática. El helicóptero seguía zumbando por encima de su cabeza en el silencio entrecortado por los chisporroteos del altavoz.

Entonces Joe echó a correr como si le fuera la vida en ello. Se metió por un callejón que bordeaba los grandes almacenes Argos, cruzó un estacionamiento y pasó por detrás de la droguería Super-drug. Al cabo de poco, el helicóptero ya no era más que un zumbido lejano y no hacía más ruido que los pájaros desvelados.

Al llegar al quiosco de Raj, Joe golpeó con suavidad la cortina metálica. No hubo respuesta, así que aporreó la cortina hasta que tembló bajo sus puños. Pero fue en vano. Joe consultó el reloj. Eran las dos de la madrugada. Con razón no estaba Raj en la tienda.

Al parecer, Joe no tenía más remedio que convertirse en el primer multimillonario que dormía en la calle.

23

Gaceta de la Barcaza

—¿Qué haces aquí?

Joe no hubiese sabido decir si estaba despierto o sencillamente soñando que lo estaba. No podía moverse; eso era lo único seguro. Estaba agarrotado de frío y le dolía todo el cuerpo, de la cabeza a los pies. Aún no podía abrir los ojos, pero sabía sin lugar a dudas que no se había despertado entre las sábanas de seda de su cama con dosel.

—He dicho que qué haces aquí —repitió la voz.

Joe frunció el ceño, confuso. Su mayordomo no hablaba con acento de la India. Se esforzó por separar los párpados que el sueño había sellado.

Cuando lo hizo, vio una gran cara sonriente inclinada sobre la suya.

Era Raj.

—¿Qué haces aquí a estas horas, joven Spud? —preguntó el amable quiosquero.

Mientras el sol empezaba a alumbrar la penumbra, Joe miró a su alrededor. Se había encaramado a un contenedor de escombros que había delante de la tienda de Raj y se había quedado dormido con unos ladrillos por almohada, un trozo de lona plastificada a modo de cobija y una polvorienta y vieja puerta de madera como improvisado colchón. No era de extrañar que le doliera todo el cuerpo.

—Ah, ejem… Hola, Raj —saludó con voz ronca.

—Buenos días, Joe. Iba a abrir la tienda, oí a alguien roncando y ahí estabas. Menuda sorpresa.

—¡Yo no ronco! —protestó Joe.

—Lamento informarte que sí lo haces. Y ahora, si eres tan amable, haz el favor de bajarte de ahí y entrar en la tienda. Creo que tenemos que hablar —dijo Raj con un tono de voz muy serio.

«Oh, no —pensó Joe—, ahora es Raj el que se ha enfadado conmigo.»

Aunque el quiosquero era un hombre hecho y derecho, no se parecía en nada a los demás adultos, ya fueran padres o profesores, y era realmente difícil que se enfadara con alguien. En cierta ocasión, había sorprendido a una alumna de la escuela de Joe intentando robarle una bolsa de gansitos y se había limitado a prohibirle la entrada en la tienda durante cinco minutos.

El joven multimillonario cubierto de polvo se bajó con dificultad del contenedor de escombros. Raj le hizo un banco con una pila de revistas y le puso un diario abierto por encima de los hombros como si fuera una enorme y aburrida cobija de color rosa.

—No puedo creer que hayas pasado toda la noche ahí afuera, Joe, con el frío que hace. Veamos, tienes que desayunar. ¿Qué me dices de una buena taza de Coca-Cola calientita?

—No, gracias.

—¿Dos huevos de chocolate cocidos?

Joe negó con la cabeza.

—Algo tendrás que comer, amigo mío. ¿Un Kit-Kat tostado?

—No, gracias.

—¿Un buen bol de fantasmitas de maíz con sabor a cebollitas en vinagre? ¿Con un poco de leche tibia, quizá?

—La verdad es que no tengo hambre, Raj —contestó Joe.

—Bueno, mi mujer me ha puesto a dieta, así que estos días no puedo desayunar más que fruta —anunció Raj mientras le quitaba la envoltura a un chocolate Terry con forma de naranja—. Y bien, ¿quieres explicarme por qué has pasado la noche en un contenedor de basura?

—Me he fugado de casa —contestó Joe.

—Eso ya lo suponía —farfulló Raj con la boca

llena mientras masticaba, uno tras otro, los pedazos de chocolate—. Vaya, pepitas —dijo justo antes de escupir algo en la palma de la mano—. La pregunta es por qué.

Joe se sintió incómodo. Tenía la sensación de que la verdad le haría quedar tan mal a él como a su padre.

—Bueno, ¿te acuerdas de la chica con la que vine el otro día, cuando te compré unos helados?

—¡Sí, claro! ¿Sabes que te había dicho que su cara se me hacía conocida? ¡Pues anoche la vi en la tele! ¡En un anuncio de fideos chinos precocinados! Dime, ¿conseguiste besarla? —preguntó Raj, sin poder disimular su emoción.

—No. Sólo fingía que le gustaba. Mi padre le pagó para que se hiciera amiga mía.

—Vaya por Dios —dijo Raj; se le había borrado la sonrisa de la cara—. Eso no está bien. Pero nada bien.

—Lo odio —dijo Joe, dejándose llevar por la rabia.

—¡No digas eso, Joe! —replicó Raj, escandalizado.

—Pero es verdad —insistió el chico, volteando hacia Raj con chispas en los ojos—. Lo odio con todas mis fuerzas.

—¡Joe! Deja de decir eso ahora mismo. Es tu padre.

—Pues lo odio. No quiero volver a verlo en toda mi vida.

Raj alargó la mano y la posó tímidamente en el hombro de Joe. El enfado de éste se convirtió en tristeza al instante. Dejando caer la cabeza, se echó a llorar sobre su propio regazo. Todo su cuerpo se estremecía, agitado por los sollozos.

—Entiendo que estés dolido, Joe, te lo aseguro —empezó a decir Raj—. Por lo que has dicho, imagino lo mucho que te gustaba esa chica, pero supongo que tu padre quería... bueno... sólo quería hacerte feliz.

—La culpa la tiene el dinero —dijo Joe con voz rota—. Lo ha estropeado todo. Por su culpa he perdido incluso a mi único amigo.

—Es verdad, hace bastante tiempo que no te veo con Bob. ¿Qué ha pasado?

—Que me porté como un imbécil. Le dije cosas terribles.

—Vaya por Dios.

—Nos peleamos cuando pagué a unos abusones para que lo dejaran en paz. Creía que lo estaba ayudando, pero se puso hecho una furia.

Raj asintió despacio.

—¿Sabes, Joe...? —empezó a decir despacio—, lo que le hiciste a Bob se parece bastante a lo que tu padre te ha hecho a ti.

—A lo mejor es porque soy un niñito inmaduro y consentido —se lamentó Joe—, como dijo Bob.

—¡Tonterías! —replicó Raj—. Has metido la pata y debes ofrecer disculpas. Pero si Bob tiene dos dedos de frente, te perdonará. No cabe duda de que lo hiciste con la mejor de las intenciones. No pretendías hacerle daño.

—¡Sólo quería que dejaran de atosigarlo! —dijo Joe—. Y pensé que si les daba dinero...

—Bueno, pero ésa no es manera de enfrentarse a un par de abusones, jovencito.

—Sí, ahora lo sé —reconoció Joe.

—Si les das dinero, lo único que consigues es que vuelvan por más.

—Sí, sí, pero sólo trataba de ayudarlo.

—Debes comprender que el dinero no lo arregla todo, Joe. A lo mejor Bob se hubiera enfrentado a esos brutos por sí mismo, algún día. ¡El dinero no es la solución! ¿Sabías que yo llegué a ser un hombre muy rico?

—¿De verdad? —preguntó Joe, y en cuanto lo

dijo se reprochó por sonar tan sorprendido. Se sorbió la nariz y se secó la cara mojada con la manga.

—Pues sí... —continuó Raj—. Llegué a tener una gran cadena de quioscos.

—¡Guau! ¿Cuántas tiendas tenías, Raj?

—Dos. Ganaba cientos de libras a la semana. Me cumplía todos los caprichos del mundo. ¿Seis McNuggets de pollo? ¡Me comía nueve! Me gasté un dineral en un pedazo de Ford Fiesta de segunda mano que estaba como nuevo, y no me importaba devolver un DVD al videoclub un día más tarde, ¡aunque tuviera que pagar una multa de dos libras y media!

—Ajá... hum... bueno... ya veo que te dabas la gran vida —dijo Joe, sin saber muy bien qué otra cosa decir—. ¿Y qué pasó?

—Tener dos tiendas me obligaba a trabajar de sol a sol, jovencito, y me impedía pasar tiempo con la única persona a la que de verdad quería: mi mujer. La colmaba de regalos espléndidos: que si cajas de bombones del súper, que si un collar bañado en oro de los grandes almacenes, que si vestidos de marca del supermercado, creyendo que así la haría feliz; pero lo único que ella quería era pasar más tiempo conmigo —concluyó Raj con una sonrisa triste.

—¡Eso es lo que quiero yo! —exclamó Joe—. Pasar más tiempo con mi padre. Todo ese estúpido dinero me da igual.

—Bien, Joe, estoy seguro de que tu padre te quiere muchísimo, y de que estará muy preocupado. Deja que te lleve a casa —pidió Raj.

Joe miró al quiosquero y se las arregló para sonreír un poco.

—De acuerdo. Pero ¿de camino podemos pasar por casa de Bob? Tengo que decirle algo muy importante.

—Sí, creo que tienes razón. Veamos, creo que guardo su dirección en alguna parte, porque su madre pide que le lleven el diario a domicilio —dijo Raj mientras hojeaba las páginas de su libreta de direcciones—. ¿O es la revista de cocina? ¿O la *Gaceta de la Barcaza*? Nunca me acuerdo. Ah, aquí está: departamento número 112 de Winton Estate.

—Eso queda muy lejos de aquí —dijo Joe.

—No te preocupes. ¡Iremos en el Rajmóvil!

24

El Rajmóvil

—¿Esto es el Rajmóvil? —preguntó Joe.

Raj y él estaban plantados ante un ridículo triciclo de niña. Era color rosa, tenía una cestita delante y le hubiera quedado pequeño a una niña de seis años.

—¡Pues sí, aquí lo tienes! —exclamó Raj, muy orgulloso.

Al oír mencionar el Rajmóvil, Joe había imaginado algo parecido al Batimóvil o al coche de James Bond, o por lo menos a la camioneta de Scooby Doo.

—Es un poco pequeño para ti, ¿no crees?

—Lo compré en eBay por tres libras y media, Joe. En la foto parecía mucho más grande. ¡Creo que el que posaba en la foto era un enano! De todos modos, para lo que costó, sigue siendo una ganga.

A regañadientes, Joe se sentó en la cesta de adelante y Raj se acomodó en el asiento del triciclo.

—¡Agárrate fuerte, Joe! ¡El Rajmóvil corre que da miedo! —le advirtió Raj nada más empezó a pedalear.

El triciclo arrancó despacio y avanzó a duras penas, chirriando todo el rato.

¡RIIIIIIIING!

No, queridos lectores, eso no ha sido... Vaya, creo que ese chiste ya lo tenemos un poco trillado.

—¿Sí? —saludó una señora de aspecto amable pero triste en el departamento número 112.

—¿Es usted la madre de Bob? —preguntó Joe.

—Sí —contestó la mujer, y se le quedó mirando con ojos entornados—. Tú debes ser Joe —añadió, con un tono no demasiado amistoso—. Bob me ha contado todo acerca de ti.

—Ah... —dijo Joe, deseando que se lo tragara la tierra—. Me gustaría hablar con él, si es posible.

—No estoy segura de que quiera hablar contigo.

—Es muy importante —insistió Joe—. Sé que me he portado mal con él y quiero pedirle perdón. Por favor.

La madre de Bob soltó un suspiro y abrió la puerta.

—Vamos, pasa —dijo.

Joe la siguió al interior del pequeño departamento, que habría cabido perfectamente en el baño de su dormitorio. Saltaba a la vista que el edificio había conocido tiempos mejores. El papel tapiz se despegaba de las paredes y la alfombra se veía desgastada. La madre de Bob guió a Joe por el pasillo hasta la habitación de su hijo y llamó a la puerta.

—¿Qué pasa? —contestó Bob.

—Ha venido a verte Joe —dijo su madre.

—Dile que se vaya a freír espárragos.

La madre de Bob miró a Joe, avergonzada.

—No seas maleducado, Bob. Abre la puerta.

—No quiero hablar con él.

—Será mejor que me vaya —susurró Joe, volteando a medias hacia la puerta de la calle.

La madre de Bob negó con la cabeza.

—Abre la puerta ahora mismo, Bob. ¿Me oyes? ¡Ahora mismo!

La puerta se abrió despacio. Bob aún tenía puesta la pijama, y se quedó allí parado, mirando a Joe.

—¿Qué quieres? —preguntó de mala gana.

—Hablar contigo —contestó Joe.

—Pues habla.

—¿Les preparo algo de desayunar? —preguntó la madre de Bob.

—No, Joe tiene que irse —replicó Bob.

La madre de Bob chasqueó la lengua y se fue a la cocina.

—Sólo he venido a decirte que lo siento —farfulló Joe.

—Es un poco tarde para eso, ¿no crees? —replicó Bob.

—Escucha, siento muchísimo haberte dicho todo lo que te dije.

Bob no dio su brazo a torcer.

—Te portaste como un verdadero imbécil.

—Lo sé, lo siento. No entendía por qué estabas tan enfadado conmigo. Sólo pagué a los Grubb porque quería que las cosas fueran más fáciles para ti…

—Sí, pero…

—Lo sé, lo sé —se apresuró a añadir Joe—. Ahora me doy cuenta de que fue un error. Sólo trato de explicarte por qué lo hice.

—Un amigo de verdad hubiera dado la cara por mí. Me hubiera apoyado en lugar de andar repartiendo billetes sin ton ni son para hacer desaparecer el problema.

—Soy un imbécil, Bob. Ahora lo sé. Un imbécil como el que más. Si hubiera un concurso de imbéciles, lo ganaría de calle.

Bob no pudo evitar sonreír, por más que intentara no perder la compostura.

—Y tenías razón en lo de Lauren —continuó Joe.

—¿En lo de que era una falsa?

El niño billonario

—Sí. He descubierto que mi padre le estaba pagando para que se hiciera pasar por mi amiga —dijo Joe.

—Eso no lo sabía. Habrá sido un golpe duro.

Joe sintió que se le encogía el corazón al recordar lo mal que la había pasado la víspera, en la fiesta.

—Pues sí. Me gustaba mucho.

—Lo sé. Olvidaste quiénes eran tus verdaderos amigos.

Joe se sentía fatal.

—Sí... Lo siento. Me gusta mucho ser tu amigo, Bob, te lo digo en serio. Eres el único chico de la escuela que me ha aceptado tal como soy, y no sólo por mi dinero.

—No volvamos a pelearnos, ¿está bien, Joe? —Bob sonreía.

Joe le devolvió la sonrisa.

—Lo único que siempre he querido es tener un amigo.

—Sigo siendo amigo tuyo, Joe. Siempre lo seré.

—Escucha —dijo Joe—. Te he traído una cosa. Un regalo. Es mi manera de pedirte perdón.

—Pero ¡Joe! —exclamó Bob, frustrado—. A ver, si es un Rolex nuevo o un fajo de billetes, no lo quiero, ¿de acuerdo?

Joe sonrió.

—No, sólo es un Twix. He pensado que podríamos compartirlo.

Joe le enseñó el chocolate y Bob se echó a reír. Joe también soltó una carcajada. Abrió la envoltura y ofreció una de las barritas a su amigo. Pero, justo cuando Bob estaba a punto de darle un bocado a la galleta recubierta de caramelo y bañada en chocolate...

—¡Joe! —llamó la madre de Bob desde la cocina—. Será mejor que vengas. Tu padre está en la tele...

25

Roto

Roto. Ésa es la única palabra que podría describir al padre de Joe en ese momento. Estaba delante de la Mansión Pompisfresh y llevaba puesta su bata de trabajo. El señor Spud se dirigía a la cámara y tenía los ojos enrojecidos de tanto llorar.

«He perdido todo —dijo despacio, y su rostro era la viva imagen de la desolación—. Todo. Pero lo único que quiero es recuperar a mi hijo. A mi niño querido.»

Los ojos del señor Spud se llenaron de lágrimas y tuvo que hacer una pausa para recobrar la compostura.

Joe miró a Bob y a la madre de éste. Estaban los tres en la cocina, con los ojos fijos en la pantalla.

—¿De qué habla? ¿Por qué dice que ha perdido todo?

—Acaban de decirlo en las noticias —contestó la madre de Bob—. Todo el mundo ha demandado a tu padre. Las toallitas Pompisfresh hacen que se te ponga el trasero morado.

—¿Qué? —replicó Joe. Se volvió de nuevo hacia la tele.

«Si me estás viendo, hijo mío… Vuelve a casa. Por favor. Te lo ruego. Te necesito. Te echo mucho de menos…»

Joe alargó la mano y tocó la pantalla. Notó que las lágrimas estaban a punto de escapársele y sintió el hormigueo de la electricidad estática en las yemas de los dedos.

—Será mejor que vuelvas a casa —dijo Bob.

—Sí —contestó Joe, demasiado aturdido para moverse.

—Si necesitas un lugar donde quedarte, aquí siempre serás bienvenido —dijo la madre de Bob.

—Sí, claro —asintió Bob.

—Muchísimas gracias. Se lo diré a mi padre —contestó Joe—. Tengo que irme.

—Sí —dijo Bob. Abrió los brazos y abrazó a Joe. Éste no recordaba la última vez que alguien lo había abrazado. Era una de esas cosas que no se pueden comprar con dinero. Además, Bob daba unos abrazos grandiosos. Era blandito como un gran oso de peluche.

—Nos vemos luego, supongo —dijo Joe.

—Haré un pastel de carne —anunció la madre de Bob con una sonrisa.

—A mi padre le encanta el pastel de carne —dijo Joe.

—Sí, me acuerdo —repuso la madre de Bob—. Tu padre y yo fuimos compañeros de clase.

—¿En serio? —preguntó Joe.

—Sí. ¡Entonces tenía bastante más pelo y bastante menos dinero! —bromeó.

Joe se permitió reír un poco.

—Muchas gracias.

El ascensor estaba descompuesto, así que Joe bajó las escaleras a toda prisa, rebotando contra las paredes. Se fue corriendo al estacionamiento, donde lo esperaba Raj.

—A la Mansión Pompisfresh, Raj. ¡Y pisa el acelerador!

Raj pedaleó con fuerza y el triciclo avanzó calle abajo a trompicones. Pasaron por delante de un quiosco de la competencia y Joe echó un vistazo a los titulares de los diarios. La foto de su padre salía en todas las portadas.

EL ESCÁNDALO POMPISFRESH, decía *The Times*.

SPUD SE ENFRENTA A LA QUIEBRA, decía el *Telegraph*.

POMPISFRESH ES NOCIVO PARA EL TRASERO, alertaba el *Express*.

¿SE LE HA PUESTO EL TRASERO MORA-
DO?, preguntaba *The Guardian*.

¡POMPISFRESH SE PONE MORADO DE
DENUNCIAS!, aseveraba el *Mirror*.

LA REINA TIENE POMPIS DE MANDRIL,
insinuaba el *Mail*.

LA PEOR PESADILLA DE TODA POMPIS,
advertía el *Daily Star*.

LA SPICE MÁS FRESA CAMBIA DE PEINA-
DO, anunciaba el *Sun*.

Bueno, en casi todas las portadas.

—¡Tenías razón, Raj! —exclamó Joe mientras
enfilaban hacia la calle mayor a toda velocidad.

—¿En qué tenía razón, concretamente? —preguntó el quiosquero, secándose el sudor de la
frente.

—En lo de Pompisfresh. ¡Le ha puesto el trasero
morado a todo el mundo!

—¡Te lo dije! ¿Te has visto el tuyo?

Habían pasado tantas cosas desde que Joe se había ido de la tienda de Raj la tarde anterior que lo había olvidado por completo.

—No.

—¿Y qué esperas? —preguntó el quiosquero.

—¡Detente un momento!

—¿Cómo dices?

—¡Que te detengas un momento!

Con un brusco viraje, Raj se detuvo en el acotamiento. Joe se apeó de un salto, miró hacia atrás y se bajó un poco el pantalón.

—¿Y bien? —insistió Raj.

Joe miró hacia abajo y vio dos grandes nalgas de un intenso tono violeta.

—¡Lo tengo morado!

Echemos otro vistazo a la gráfica de Raj. Si le añadiéramos el trasero de Joe, quedaría así:

Grados de moradez

Berenjena
Moras silvestres
«Purple Rain» de Prince
Medalla del corazón púrpura
Sangre de klingon
Trasero de Raj
Trasero de Joe

Resumiendo, el trasero de Joe estaba muy, muy, muy, muy, muy, muy, muy, muy, muy, muy, muy, muy, muy, muy, muy, muy, muy, muy, muy, muy, muy, muy, muy, muy, muy, muy, muy, muy, muy, muy, muy, muy, muy, muy, muy, muy, muy, muy, muy, muy, muy, muy, muy, muy, muy, muy, muy, muy, muy, muy, muy, muy, muy, muy, muy, muy,

muy, muy, muy, muy, muy, muy, muy, muy,
muy, muy, muy, muy, muy, muy, muy, muy,
muy, muy, muy, muy, muy, muy, muy, muy,
muy, muy, muy, muy, muy, muy, muy, muy,
muy, muy, muy, muy, muy, muy, muy, muy,
muy, muy, muy, muy, muy, muy, muy, muy,
muy, muy, muy, muy, muy, pero que muuuy

... *morado*.

Joe se subió los pantalones y volvió a montarse en el Rajmóvil.

—¡Vámonos!

Cuando se acercaban a la Mansión Pompis-fresh, Joe se dio cuenta de que había cientos de periodistas y equipos de televisión esperando ante la verja. En cuanto los vieron, todas las cámaras se volvieron hacia ellos y cientos de flashes destellaron a la vez. Les impedían el paso; Raj no tuvo más remedio que detener el triciclo.

—¡Estamos transmitiendo en directo para Sky News! ¿Cómo te has sentido al saber que tu padre se enfrenta a la quiebra?

Joe estaba demasiado anonadado para contestar, pero aquellos hombres con gabardinas siguieron disparándole preguntas a grito pelado.

—Soy de la BBC. ¿Va a haber un fondo de indemnización para los millones de personas de todo el mundo cuyos traseros se han puesto morados?

—Aquí la CNN. ¿Crees que tu padre acabará en los tribunales?

Raj se aclaró la garganta.

—Si me permiten una breve declaración, caballeros...

Todas las cámaras se volvieron hacia el quiosquero, y, por unos instantes, hubo silencio.

—En el quiosco de Raj, en la calle Bolsover, tenemos una superoferta de papas fritas con sabor a tocino. ¡En la compra de diez bolsas, le regalamos una! Oferta limitada.

Los periodistas suspiraron al unísono y refunfuñaron, decepcionados.

¡Ring, ring!

Raj hizo sonar el claxon del triciclo y el enjambre de periodistas se apartó para dejarlos pasar.

—¡Muy amables! —dijo Raj con una sonrisa—. ¡Y también tenemos chocolates Lion caducados a mitad de precio! ¡Sólo ligeramente mohosos!

26

Lluvia de billetes

Mientras Raj pedaleaba por el largo y empinado sendero que conducía a la mansión, Joe descubrió con asombro que ya había una flota de camiones estacionados frente a la entrada. Un ejército de hombres fuertes con chamarra de piel se afanaban en sacar de la casa todos los cuadros, las arañas de luces y los palos de golf con diamantes de su padre. En cuanto Raj detuvo el triciclo, Joe saltó de la cesta y salvó a la carrera los enormes escalones de piedra. Justo entonces Sapphire salía de la casa a toda prisa, encaramada en unos altísimos zapatos de tacón, cargada con una gigantesca maleta y varios bolsos.

—¡Quítate de en medio! —le dijo con malos modos.

—¿Dónde está mi padre? —preguntó Joe.

—¡No lo sé, ni me importa! ¡Ese imbécil ha perdido toda su fortuna!

Mientras corría por la escalinata, uno de los tacones se le rompió. Sapphire perdió el equilibrio y bajó rodando. La maleta se estrelló en el suelo de piedra y se abrió de par en par. Una lluvia de billetes revoloteó en el aire. La joven rompió a llorar como una magdalena, y dos manchas de rímel le surcaron las mejillas. Saltaba como una posesa, tratando de recoger los billetes al vuelo. Joe volteó para mirarla con una mezcla de rabia y lástima.

Luego entró corriendo a la casa, en la que no quedaba ni una sola de sus pertenencias. Joe se abrió paso entre los embargadores y subió a toda prisa la majestuosa escalera de caracol. Se cruzó con un par de hombres que se llevaban los cientos de kilómetros de su pista de Scalextric. Por una milésima de segundo, Joe sintió pena, pero siguió corriendo y entró bruscamente a la habitación de su padre. Las paredes estaban desnudas y la habitación desierta, casi serena en su austeridad. Encontró a su padre encorvado sobre un colchón sin sábanas, dando la espalda a la puerta. No llevaba puesto más que una camiseta interior y unos calzoncillos, y sus gruesos brazos peludos contrastaban con su reluciente calva. Hasta el peluquín se habían llevado.

—¡Papá! —gritó Joe.

—¡Joe! —el señor Spud se dio la vuelta. Tenía la cara roja e hinchada de tanto llorar—. ¡Hijo mío, hijo mío! Has vuelto…

—Siento haberme fugado, papá.

—Y yo siento mucho haberte hecho daño con todo ese asunto de Lauren. Sólo quería verte feliz.

—Lo sé, lo sé; te perdono, papá.

Joe se sentó junto a su padre.

—He perdido todo, hijo. Todo. Incluida Sapphire.

—No estoy seguro de que fuera el amor de tu vida, papá.

—¿No?

—No —insistió Joe, esforzándose por no sonar demasiado vehemente.

—Quizá tengas razón —reconoció su padre—. Ahora no tenemos casa, ni dinero, ni jet privado. ¿Qué vamos a hacer, hijo?

Joe metió la mano en el bolsillo de su pantalón y sacó un cheque.

—Papá...

—Dime, hijo.

—El otro día, mientras hurgaba en los bolsillos, encontré esto.

El señor Spud lo estudió. Era el cheque que había regalado a Joe en su cumpleaños. Valía dos millones de libras.

—Nunca lo cobré —dijo Joe, emocionado—. Te lo devuelvo. Así podrás comprar un lugar donde irnos a vivir, y aún nos sobrará un montón de dinero.

El señor Spud miró a su hijo. Joe no hubiera sabido decir si estaba contento o triste.

—Muchas gracias, hijo. Eres un gran chico; te lo digo en serio. Pero lamento decirte que ese cheque no vale nada.

—¿Que no vale nada? —Joe estaba perplejo—. ¿Por qué?

—Porque ya no me queda dinero en el banco —explicó el señor Spud—. Me han puesto tantas demandas que los bancos han congelado todas mis cuentas. Estoy en bancarrota. Si lo hubieras cobrado cuando te lo di, aún tendríamos esos dos millones de libras.

Joe temía haber hecho alguna tontería sin saberlo.

—¿Estás enfadado conmigo, papá?

El señor Spud miró a Joe y sonrió.

—No, me alegro de que no cobraras el cheque. Todo ese dinero nunca sirvió para hacernos felices, ¿verdad?

—No —contestó Joe—. En realidad, nos hizo desgraciados. Y yo también te pido perdón. Me llevaste la tarea a la escuela y yo te grité por ponerme en evidencia. Bob tenía razón: a veces me porto como un niño inmaduro y consentido.

El señor Spud soltó una risita.

—¡Bueno, sólo un poquito!

Joe salticuló en el colchón para acercarse a su padre. Necesitaba un abrazo.

En ese momento, dos hombres corpulentos entraron en la habitación.

—Tenemos que llevarnos el colchón —anunció uno de ellos.

Los Spud no ofrecieron resistencia. Se levantaron para permitir que los hombres se llevaran el único objeto que quedaba en la habitación.

El señor Spud se inclinó hacia Joe y le susurró:

—Si hay algo que quieras agarrar de tu habitación, ahora es el momento.

—No necesito nada, papá —dijo Joe.

—Algo habrá. Tus lentes de sol de marca, el reloj de oro, el iPod…

Siguieron con la mirada a los dos sujetos que se llevaban el colchón de la habitación del señor Spud. Ahora sí estaba completamente desierta.

Joe lo pensó unos instantes.

—Sí hay algo —dijo, y salió a toda prisa.

El señor Spud se asomó a la ventana, desde la que observó, impotente, cómo los operarios con chamarra de piel se llevaban cuanto poseía: los cubiertos de plata, los jarrones de cristal, los valiosos muebles antiguos, todo... y lo subían a los camiones.

Al cabo de unos instantes, Joe regresó.

—¿Has podido echarle el guante a algo? —preguntó el señor Spud, ansioso.

—A una sola cosa.

Joe abrió la mano y le enseñó a su padre el pequeño y humilde cohete que hacía años le había hecho con rollos de cartón.

—Pero... ¿por qué? —preguntó el hombre.

No podía creer que su hijo hubiera conservado aquel viejo cacharro y mucho menos que fuera lo único que deseara rescatar de toda la casa.

—Es el mejor regalo que me has hecho nunca
—dijo Joe.

El señor Spud tenía los ojos llenos de lágrimas.

—¡Pero si no es más que un rollo de cartón con
otro trozo de rollo pegado! —farfulló.

—Lo sé —dijo Joe—. Pero lo hiciste con todo
tu cariño. Y para mí significa más que todas esas
cosas caras que me has comprado.

El señor Spud temblaba de emoción, incapaz de dominarse, y rodeó a Joe con sus brazos cortos, regordetes y peludos. Joe, a su vez, echó sus propios brazos cortos, regordetes y no tan peludos al cuello de su padre y descansó la cabeza en su pecho. Lo notó mojado por las lágrimas.

—Te quiero, papá.

—Lo mismo digo… Quiero decir, yo también te quiero, hijo.

—Papá… —dijo Joe tímidamente.

—¿Sí?

—¿Se te antoja pastel de carne para cenar?

—Más que ninguna otra cosa en el mundo —contestó el señor Spud con una sonrisa.

Padre e hijo se abrazaron con fuerza.

Por fin, Joe tenía todo lo que necesitaba.

Epílogo

Bueno, ¿y qué pasó con todos los personajes del libro?

 Al señor Spud le gustó tanto el pastel de carne de la madre de Bob que se casó con ella. Ahora lo comen todas las noches para cenar.

 Joe y Bob no sólo siguieron siendo grandes amigos, sino que cuando sus padres se casaron se convirtieron en hermanastros.

 Sapphire se comprometió con todo un equipo de futbol de la Premier League.

Raj y el señor Spud empezaron a desarrollar juntos una serie de ideas con la esperanza de hacerse inmensamente ricos: el Kit Kat de cinco barritas; la tableta Mars grande (entre la normal y la extragrande); los caramelos Polo con sabor a curry. Mientras escribo esto, ninguna de sus ideas les ha hecho ganar un solo penique.

Nadie supo jamás cuál de los hermanos Grubb era una chica y cuál un chico. Ni sus padres. Los enviaron a Estados Unidos, a un campo de entrenamiento militar para delincuentes juveniles.

El señor Dust se jubiló al cumplir cien años. Ahora dedica todo su tiempo a las carreras de motos.

La señorita Spite, la profesora de historia, recuperó su trabajo y obligó a Joe a limpiar el patio todos los días durante el resto de su vida.

Dan Pitta, el profesor de nombre desafortunado, se cambió de nombre. Ahora se llama Susan Jenkins. Lo que no le ha servido de mucho, la verdad.

Lauren siguió con su carrera como actriz: obtuvo un solo papel digno de mención en la serie hospitalaria *Pulsaciones*, interpretando a un cadáver.

La secretaria del director, la señora Chubb, nunca se levantó de la silla.

El trasero de la reina siguió de color morado. Se lo enseñó a todo el país en el discurso anual de Navidad, refiriéndose a él como su «ano horribilis».

Y, por último, la señora Trafe escribió un libro de cocina que se vendió como pan caliente: *101 recetas con vómito de murciélago*, publicado en México por la editorial Montena.

Agradecimientos

Me gustaría dar las gracias a unas pocas personas que contribuyeron a la creación de este libro. Yo hice la parte más difícil del trabajo, pero tengo que mencionarlos. En primer lugar, doy las gracias a Tony Ross por sus ilustraciones. Podría haberlas coloreado, pero me dicen que tendríamos que haberle pagado más por hacerlo. En segundo lugar me gustaría dar las gracias a Ann-Janine Murtagh. Ella es la persona que se encarga de todos los libros para niños de HarperCollins y es muy simpática, y siempre se le ocurren unas sugerencias fantásticas. Tengo que decir todo esto porque es la jefa. Luego está Nick Lake, que es mi editor. Su trabajo consiste en ayudarme a desarrollar los personajes y el argumento de los libros, y no podría hacerlo sin él.

Bueno, sí podría, pero Nick se echaría a llorar si no lo mencionara en los agradecimientos.

James Stevens diseñó la portada, y Elorine Grant maquetó el libro. Podría decir que «Elorine» es un nombre bobo, pero no lo haré porque eso sería cruel. Mi publicista se llama Sam White. Si me ven en algún programa de tele tratando de vender este libro, no me echen la culpa a mí, sino a ella. Sarah Benton, muchas gracias por ser la directora de *marketing* más maravillosa del mundo (por cierto, ¿qué hace un director de *marketing*?). Las directoras comerciales Kate Manning y Victoria Boodle también hicieron algo, pero no me pregunten qué. Doy las gracias también a la correctora Lily Morgan y a la correctora de pruebas Rosalind Turner. Si hay alguna falta ortográfica en este libro, es culpa suya. Y gracias a mi agente Paul Stevens de *Independent*, que se lleva 10% más IVA de mis ingresos por pasarse todo el día sentado en su despacho tomando té y comiendo galletas.

Y, por supuesto, muchísimas gracias a todos ustedes por comprar este libro. Pero de verdad no deberían molestarse en leer esta parte. Es un aburrimiento. Lo que tienen que hacer es ponerse a leer el libro. Ya se ha dicho de él que es «una de las mejores historias jamás escritas». Gracias por tus palabras, mamá.

Montena

La increíble historia del niño billonario, de David Walliams
se terminó de imprimir en marzo de 2014
en Quad/Graphics Querétaro, S. A. de C. V.,
Fracc. Agro Industrial La Cruz El Marqués
Querétaro, México.